아무튼, 택시

아무튼, 택시

금정연

코난북스

리드   여기서 잠깐 화제를 돌려 시카고의
            택시 기사 이야기를 해달라고
            부탁드리고 싶습니다. 어제 그
            운전사가 당신에게 무슨 말을
            했나요?

보르헤스   택시 운전사 말인가요?

리드   네, 택시 운전사.

보르헤스   그제였어요. 아니, 어제였던가,
            확실치 않군요. 나는 날짜 감각이
            무디답니다. 그는 군인이었어요.
            그는 쓰라림을 알고 있었어요.
            불행을 알고 있었죠. 그가 갑자기
            자기 언어의 충만한 힘을 깨닫지
            못한 채 말하더군요. "나는
            기억을 싫어해요." 그건 아름다운
            문장이었어요. 세상에서 달아나고
            세상을 잊고자 하는.

-『보르헤스의 말』 중에서

차례

믿을 수 있겠어요?

누군가 내게 택시를 좋아하냐고 물으면 나는 곤란해진다. 택시는 내게 다리나 마찬가지다. 좋아한다기보다는 없으면 곤란한 것이다. 그래도 굳이 따지자면 다리보다는 택시가 좋다. 다리는 내 것이지만 택시는 내 것이 아니니까.

하루 종일 소텐보리*에 있다가 집을 나섰다. 약속 시간까지는 15분이 남았다. 택시를 탔다. 택시 기사가 물었다.

"사무실이 이쪽이신가 봐요?"

어딜 봐도 아파트와 빌라밖에 없는 주거 지역이지만, 나는 그렇다고 말했다. 프리랜서에게는 집이 사무실이다. 작업실이 따로 있긴 하다. 하지만 많은 경우 나는 집에서 일한다. 늘 마감 시간에 쫓겨 집 밖으로 나갈 틈이 없기 때문이다. 마감이 없을 때는 집에서 플레이스테이션을 한다. 플레이스테이션에는 소텐보리가 있고, 소텐보리에는 마지마 고로**의 사무실이 있다. 딱히 자랑할 일은 아니지만……

* 플레이스테이션 게임 〈용과 같이 제로〉의 배경. 오사카 도톤보리가 모델이다.
** 〈용과 같이 제로〉의 두 주인공 중 한 명. 소텐보리에서 나이트클럽을 운영한다.

"합정이 집이세요?"

미리 말해두자면, 나는 택시 기사와 대화를 즐기는 타입이 아니다. 낯모르는 사람에게 거짓말을 하는 타입도 아니다. 그래서 나는 아니라고, 저녁 약속이 있다고 대답했다. 그러자 택시 기사가 물었다.

"근데 합정에 음식점이 많나요?"

"많죠. 딱히 갈 만한 데는 없지만." 지금까지 나는 합정에서 수백 번의 점심과 그보다 좀 더 많은 저녁을 먹었다. 딱히 갈 만한 데가 없는 것치고는 제법 많이 먹은 셈이다. 기사가 말했다.

"고깃집은 괜찮은 데가 있어요. 이름은 까먹었는데, 상상마당 가는 쪽에. 제가 원래 고기를 잘 안 먹거든요. 연예인 하는 후배가 제주도에서 올라와서 고깃집을 하겠다고 저를 데리고 여기저기서 먹어보더니 거기가 괜찮다더라고요. 연예인도 봤어요. 박봄인가 하는 레이서가 거기서 피디랑 매니저랑 밥 먹고 있던데."

"혹시 하하가 하는 가게 아니에요?"

내가 아는 박봄은 2NE1 출신의 삶은 옥수수를 좋아하는 박봄뿐이었지만, 나는 'I don't care'라고 대답하는 대신 적당히 맞장구를 쳐주었다. '박봄'이 아니라 '박봄이'였고 레이서가 아니라 레이싱모델이라는 사실은 나중에 알았다……

　　택시 기사는 후배가 데려간 곳이라 잘 모르겠
다고, 택시 시작한 지 오늘이 나흘째 되는 날인데 그
짧은 시간 동안 얼마나 많은 일이 있었는지 아느냐
고 물었다. 나는 모르겠다고 대답했다. 솔직히 말하
면 앞 문장이 어떻게 뒤 문장으로 이어지는지도 모
르겠다.

　　"어제 새벽에 연신내에 잠깐 차를 세웠어요. 맥
도날드에서 햄버거 먹고 집에 들어가려고. 그런데
나와보니까 아가씨 둘이 택시를 기웃거리고 있어.
왜 그러냐 물었더니 문산 가느냐고 그래요. 영업 끝
났다고 다른 차 타라니까 다른 차는 안 태워준대. 그
래서 갔죠. 갔더니, 요금이 많이 나왔다고 뭐라고 그
러는 거야. 5만 3500원인가 그랬는데. 그래서 또 설
명을 했어요. 3시 45분에 탔으니까 4시까지 야간 할
증 15분밖에 안 붙은 거라고. 2시에 탔으면 빼도 박
도 못하고 야간 할증 20프로에 경기 할증 20프로 해
서 40프로를 더 냈을 거라고. 그랬더니 고맙다고 하
더라고요. 근데 카드밖에 없다고 미안하대. 그래서
카드가 더 좋다고 했죠."

　　택시는 월드컵터널을 지나 마포농수산물시장
쪽으로 접어들고 있었다. 언제나처럼 퇴근 시가의

월드컵로는 정체가 심했다. 성산대교를 건너려는 차들이 꼬리를 물며 신호를 막고 있었지만 경찰이 교통정리 하는 모습은 본 적이 없다. 반면 택시 기사의 의식의 흐름은 무척 원활한 것 같았다. 그는 어느새 자신의 지난 삶을 통째로 회고하고 있었다. 내가 그의 자서전을 대필하는 유령 작가라도 되는 것처럼. 군대 제대하고 택시 자격증을 땄지만 길을 몰라서 포기한 이야기("그때는 내비게이션도 없었잖아요"), 은행과 증권회사에 다니던 이야기("정말 끝내주는 시절이었죠"), 결혼하면 처가 근처에 살겠다고 약속해놓고 동네가 냄새 난다는 핑계로 자기가 평생 살아온 은평구에 신혼집을 구해 아내와 대판 싸운 이야기("근데 진짜 냄새가 심했어요. 사람들이 술 먹고 처갓집 대문 앞에 밤마다 토를 해놓는다니까")⋯⋯

　나는 독립해서 은평구에 살기 전까지 마포구 성산동에 살았다. 바로 여기 택시가 서 있는 구역에. 그때는 여기도 볼품없었다. 택시 기사의 이야기를 한 귀로 흘려들으며, 나는 내가 자란 동네를 바라보았다. 등에는 책가방을, 목에는 보온도시락을, 허리춤에는 열쇠를 차고 쏘다니던 길들을. 어른들은 나를 키보이라고 불렀다. 내가 달려가면 10미터 밖에서도 짤랑짤랑 열쇠 소리가 들린다고 해서 붙은 별

명이었다. 혹시나 해서 말해두자면, 나는 베이비붐 세대가 아니다. X세대도 아니다. 같이 늙어가는 처지긴 하지만……

차창 밖으로 오늘의 해가 저물고 있었다. 나는 조금 감상적이 되었던 것 같다. 구름다리 아래 어둑한 공간에 좌절된 욕망과 패배한 꿈들이 고여 있는 게 보였다. 인생…… 미래…… 약속과 희망…… 같은 단어들이 빙글빙글 맴돌며 작게 반짝이다 사라지기를 반복했다. 갑자기 속이 울렁거렸다. 당장이라도 택시에서 내려 소텐보리로 돌아가고 싶었다. 사무실에서 마시마와 함께 술이라도 한잔해야 할 것 같은 기분이었다.

그때 택시 기사가 내게 물었다.

"택시 운전해서 한 달에 550만 원을 번다고 하면 믿을 수 있겠어요?"

나는 룸미러에 비친 그의 얼굴을 바라보았다. 그도 나를 보고 있었다.

"매출이 아니라 회사 떼어주고 통장에 꽂히는 숫자가요."

순간 나는 고민했다. 혹시 나를 스카우트하려는 건가?

"증권회사 관두고서 장사를 했어요. 장사도 규

방 접고 잠깐 용돈이나 벌 생각으로 대리운전을 시작했는데, 하루는 대리 해서 일산에 들어갔다가 서울로 나오는 버스가 끊긴 거예요. 다른 대리 기사들이랑 길가에서 담배를 피우고 있는데 택시가 한 대서는 거야. 빵빵, 하더니 창문을 내리고 '합정 갈 건데 탈래?' 하더라고요. 돈이 없다고 하니 3천 원만 내래. 그래서 타니까 나한테 이러는 거예요. '택시 운전해서 한 달에 550만 원을 번다고 하면 믿을 수 있겠어요?'"

대리 기사였던 택시 기사는 택시를 타고 서울로 오며 택시 기사의 말을 들었다. 법인택시에는 회사에 일정 금액을 떼주는 사납금 제도가 있다. 오전반은 13만 5천 원. 오후반은 15만 원. 종일반은 17만 원. 그 택시 기사는 자기가 종일반이라고, 그러니까 매일 17만 원씩, 한 달이면 510만 원을 회사에 납입하고도 월평균 550만 원을 번다고 했다. 대리 기사였던 택시 기사는 마침 자기에게 택시 자격증이 있다고 말했다. 택시 기사는 그에게 택시를 한번 몰아보지 않겠느냐고 물었다. 대리 기사였던 택시 기사는 망설였다. 550만 원이라는 숫자는 매력적이었지만, 그렇기 때문에 믿을 수가 없었던 것이다. 합정에 도착하자 택시 기사는 그를 기사식당에 데리고 가

해장국을 사주었다. 그리고 택시 회사에 들러 매출 내역을 그에게 보여주었다. 택시 기사 말이 맞았다. 한때의 대리 기사는 그날 바로 네 시간짜리 교육을 받고 택시 기사가 되었다.

"누구를 만나든 함부로 대하면 안 되겠다는 교훈을 얻었지요." 택시 기사가 말했다.

이것이 2017년 3월 6일 수요일 저녁 집에서 합정으로 택시를 타고 가는 동안 내가 택시 기사에게 들은 이야기다. 나는 그가 교훈을 얻게 되어 기뻤다. 택시 기사는 내게 택시를 몰아보지 않겠느냐고 묻지 않았다. 대신 자기 말을 믿을 수 있겠느냐고 물었다.

나는 그가 들려준 모든 이야기를 믿는다. 내가 믿을 수 없는 건, 고작 20분 동안 한 사람이 그렇게 많은 말을 할 수 있다는 사실이었다.

세 개의 일지

2017년 3월부터 나는 일지 세 개를 쓰기 시작했다.

1. 수영 일지
2. 택시 일지
3. 시나리오 일지

일지에 따르면 그달에 나는 동네 수영장에 등록했다. 충무로의 시나리오 팀에도 합류했다. 택시를 운전하지는 않았다. 어쩌다 그런 일이 벌어졌는지 (벌어지지 않았는지) 아직도 어리둥절하다.

동네에 새로 생긴 화덕치킨집에서 저녁을 먹고 있을 때였다. 고무처럼 질긴 닭똥집을 씹느라 정신이 팔려 있는데, 아내가 내게 수영을 배워보지 않겠느냐고 물었다. 나는 깜짝 놀랐다. 애당초 '알리오올리오 닭똥집' 같은 메뉴를 만들어 파는 게 잘못이다. 아니, 시킨 사람이 잘못인가? 나는 닭똥집을 뱉을까 말까 고민하며 수영장에 있는 나의 모습을 상상해보았다. 그러자 대학 시절 배운 로트레아몽의 초현실주의적인 시구가 떠올랐다.

"해부대 위 우산과 재봉틀의 기이한 만남처럼……"

어찌된 일인지 다음 순간 내 손에는 수영용품이 담긴 쇼핑백과 수영장 회원증이 들려 있었다.

좋아. 나도 슬슬 뱃살을 관리해야겠다고 마음먹은 참이었으니까. 어쩌면 마음만 먹고 행동은 안 해서 자꾸 배가 나오는 건지도 몰라. 글 쓰는 일이라는 게 그렇잖아. 책상 앞에 앉아서 먹고 또 먹는 거지. 마음도 먹고 욕도 먹고…… 내가 이해할 수 없는 건 이거야. 뱃살 때문에 운동을 해야 한다면, 왜 하필 수영이지? 남들한테 뱃살을 다 보여주는 종목을 택한다는 게 좀 이상하지 않아? 나는 누구보다 내 몸을 사랑하지만 최대한 내 몸을 안 보고 싶은데.

나는 말하지 않았고, 조용히 집으로 돌아와 침대에 누웠다. 트위터 타임라인에는 "모두가 쉬쉬하고 있었던 이야기가 사실로… 수영장 75-80L가 오줌"이라는 제목의 기사가 리트윗되고 있었다. 모두가 '쉬쉬'하고 있었던 이야기라니…… 좀처럼 잠들지 못한 나는 밤새 몇 번이나 화장실을 들락거려야 했다. 체육 실기 시험을 앞둔 초등학생이라도 된 기분이었다.

다음 날 아침, 나는 택시를 타고 수영장에 갔다. 돌아오는 길에 첫 번째 수영 일지를 썼다.

3월 2일 10시 50분 수영장 도착

- 풀사이드 잡고 발차기
- 음~~~~파 호흡하기
- 헬퍼 달고 발차기
- 킥판 허벅지에 끼우고 호흡하기
- 킥판 잡고 레인 왕복하기

난생처음 가본 실내수영장. 강사들을 제외하면 남자는 나 혼자였다. 초급반은 다른 수강생이 없어서 50분 동안 단독 수업. 무릎을 굽히지 말고 허벅지를 들어야 한다며 대퇴근을 쓰라고 하는데 나한테는 그 근육이 없는 듯. 어딘지 모르겠고 힘도 안 들어감. 대신 귀에 물이 들어감. 몸살 기운.

충무로에서 복지리를 먹었다. 아내와 함께 주례 선생님을 만난 자리였다. 복지리는 나와 아내가 사랑하는 음식이다. 그날은 마침 우리 부부의 결혼기념일이었고, 우리를 호출한 주례 선생님은 어떤 덕

담도 하지 않았다. 선물도 없었다. 대신 나에게 함께 시나리오를 쓰지 않겠느냐고 물었다. 하필이면 우리는 주례를 보지 않을 때면 영화 제작자이자 시나리오 작가로 활동하는 분을 주례 선생님으로 선택했던 것이다.

"서른일곱은 시나리오 쓰기 딱 좋은 나이지." 주례 선생님이 말했다.

내게 그 말은 "죽기 딱 좋은 날씨네" 하는 영화 대사처럼 들렸다.

나는 고민해보겠다고 했다. 거짓말이었다. 나는 고민을 하지 않는 사람이다. 매일 스트레스를 받고 긴장하고 불안에 떨긴 해도 고민은 하지 않는다. 스트레스와 긴장은 일종의 반사작용이다. 인류의 조상이 아프리카 초원에서 벌거벗고 돌아다닐 때부터 장착되어 있던 생존 기제다. 고민은 다르다. 대부분의 고민은 자기 자신을 향한 수동공격이다. 남 걱정이 타인을 향한 수동공격인 것과 비슷하다.

식사를 마친 우리는 근처 호프집으로 자리를 옮겼다. 안주가 복어에서 북어로 바뀌었고, 우리는 생맥주를 마셨다. 생맥주를 마셨다. 생맥주를 마셨다. 그리고 또 마셨다……

주례 선생님은 결혼식을 앞두고 우리 부부에게

직접 담근 상황버섯주를 선물했다. 그리고 이런 주례사를 했다.

"1리터가 넘는 생소주에 상황버섯을 고작 한줌 넣었을 뿐인데, 그렇게 그윽한 맛이 나고 색이 나고 향이 난다는 게 참 신기하지 않습니까? 고로, 신랑과 신부 두 사람은 쓴 소주 같은 세상에 상황버섯이 되어……"

어느 순간 지나치게 많이 마셨다는 생각이 들었지만 확신할 순 없었다. 그래서 한잔 더 마셨다. 우리는 웃으며 헤어졌고, 아내와 나는 택시를 탔다. 아내도 나만큼 택시를 좋아한다. 나는 택시를 타고 결혼식장에 갔다가, 아내와 함께 택시를 타고 집으로 돌아왔다. 끼리끼리 만난다는 말이 이럴 때는 딱 맞다.

다음 날 아침, 나는 숙취에 시달리는 머리로 충무로 사무실에서 시나리오 회의를 했다. 다음 날도. 그다음 날도. 며칠 뒤에는 평균연령 51세의 시나리오 팀(내가 들어가기 전까지는 54.5세였다)과 함께 태안으로 시나리오 합숙을 떠났다. 그곳에서 나는 또 하나의 일지를 썼다.

3월 26일 태안 시나리오 합숙 작업 3일차

- 12시 기상
- 안면도 딴뚝통나무집식당 4인상(게국지
  +양념게장+간장게장+새우장 등)
- 바다카페 이디오피아 드립커피
- 고스톱(2만 원 잃음)
- 조석시장 지형물산에서 쭈꾸미와 새조개
  샤브샤브, 각종 회, 말린 우럭구이 등
- 더 드림 퍼브앤호프에서 새우튀김

(오늘도 시나리오는 쓰지 않았다.)

내가 출판계에 너무 오래 몸담고 있었던 걸까?
나는 수영을 배우면서도 수영을 잘하게 될 거라는
생각은 하지 않았다. 시나리오를 쓰면서도 돈을 벌
겠다는 기대는 하지 않았다. 물론 일을 하면 돈을 받
아야 한다. 될 수 있으면 큰돈을. 하지만 종종(실은
자주) 현실은 우리를 배신한다. 그것이 단군 이래 최
대 불황을 매년 갱신하고 있는 출판계에서 내가 배

운 교훈이다. 한숨과 눈물, 그리고 자기혐오도……

일지를 쓰게 된 이유는 간단하다. 수영이 안 는다고? 시나리오를 썼는데 돈을 못 벌었어? 좋아. 그래도 그 과정을 기록해두면 어딘가 쓸 데가 있겠지. 나는 8년차 프리랜서 서평가. 필요하다면 뭐라도 쓰는 사람이다.

그렇다고 택시에 대해 쓰게 될 줄은 몰랐지만.

3월 7일 10시 55분 수영장 도착

- 등에는 헬퍼, 손에는 킥판을 들고 반복해서 왕복
- 사이사이 두 팔을 벌린 채 약간 순교자 같은 느낌으로 걸어서 왕복
- 마지막에는 헬퍼 빼고 킥판만 잡고 왕복
- 가라앉을 것 같으면서 가라앉지는 않음

택시가 안 잡혀서 하마터면 늦을 뻔했다. 당연히 혼자일 거라 생각했는데 다른 회원이 몸을 풀고 있어 조금 당황했다. 나처럼 완전 초보는 아닌 모양

이었다. 내가 보조도구와 함께 몸부림치는 동안 옆 레인에서 접영을 연습했다. 나는 늘 접영이라는 이름이 우스꽝스럽다고 생각해왔다. 나비와 수영이라니. 그건 내게 고등학교에서 배운 김기림의 모더니즘 시를 떠올리게 했다.

"아무도 그에게 수심을 일러준 일이 없기에 흰 나비는 도무지 바다가 무섭지 않다……"

나는 지금도 물이 무섭고 옆 레인에서 접영을 하는 아주머니는 수영의 신이다……

(허우적)
(허우적)
(허우적)

영원하고도 며칠은 더 된 것 같은 기분인데 겨우 20분이 지났다. 그때 초급반에 새로운 회원이 등장했다. 20대쯤으로 보이는 여성이었다.

"어디까지 배우셨어요?" 강사가 물었다.

"접영까지 배우다 말았는데, 자유형 팔을 못 움직여요." 새로운 회원이 대답했다.

"접영까지 배웠는데 자유형 팔을 못 움직인다고요?" 강사가 말했다. "그게 무슨 소리에요?"

(허우적)

(허우적)

(허우적)

　새로운 회원은 나와 같은 레인에 배정됐다. 처음에는 내가 방해가 될까 봐 신경 쓰였지만, 레인은 생각보다 넓었고, 나는 남 걱정할 처지가 아니었다. 나는 강사에게 자꾸 귀에 물이 들어간다고 했다. 강사는 호흡하면서 고개를 움직여서 그럴 수도 있고 구조상 그럴 수도 있다고 말했다. 내가 물었다.

　"물이 들어가는 게 정상이라는 거죠?"

　"아니요." 강사가 말했다.

(허우적)

(허우적)

(허우적)

　여전히 발차기는 어려웠다. 그래도 전보다 물은 덜 먹었다. 강사는 내가 몸부림치는 꼴을 가만 지켜보더니 무릎이 굽어지고 팔도 굽어지고, 아니 그런 걸 다 떠나서 총체적으로 문제라고 했다. "지난 시간에도 말씀드렸지만 회원님은 진도 빼는 데 욕심내

기보단 찬찬히 기초부터 다지시는 게 좋아요." 나는 고개를 끄덕였다. 진도 빼는 데 아무 욕심도 없다고, 그리고 지난 시간에 그런 말씀 안 하셨다고 말하지는 못했다. 아무래도 담배를 끊어야 할 것 같다……

11시 50분이 되자 강사는 수강생들을 불러 모았다. 둥글게 서서 옆 사람 손을 잡고 파이팅을 하자고 했다. 강사와 우리는 손에 손을 잡고 외쳤다.

"아자! 아자! 파이팅!!"

이 또한 지난 시간에는 없었던 일이다……

씻고 나오는데 프런트에서 직원이 나를 불렀다.

"11시 수업 들으셨죠? 혹시 선생님이 뭐라고 안 하셨어요?"

내 특정 신체 부위들의 운동 능력과 관련된 이야기를 듣긴 했다. 내게 운동 능력이라는 게 있다면 말이지만…… 직원은 난감한 듯 웃으며 말했다.

"원래 11시 타임은 남자 금지인데 우리 아르바이트생이 실수로 접수를 해버렸네. 혹시 저녁 시간은 안 되세요?"

그제야 왜 수영장에 남자가 나 혼자였는지 이해가 됐다. 하지만 저녁 시간에 대해서는 확신할 수 없었다. 되려면 되고 안 되면 안 되는 게 저녁 시간

아닌가. 망설이고 있으니 다른 아주머니가 나서서 상황을 정리해주었다.

"남자랑 여자랑 같이 해도 상관없지 않나? 다른 데는 다 그러잖아?"

"그건 그래." 직원이 수긍했다. "괜찮으시죠?"

뭐가 괜찮은 건지는 모르겠지만, 나는 일단 고개를 끄덕였다.

택시를 타고 정오의 태양이 내리쬐는 거리를 달려 집으로 돌아왔다. 귓구멍에서 미지근한 물이 흘러내렸다. 벌써 너무 긴 하루를 보낸 기분이었다.

택시 일지

집에서 수영장까지 가는 버스가 있다는 건 나도 안다. 타본 적은 없다. 타야겠다는 생각도 안 해봤다. 물론 나는 부자가 아니다. 프리랜서다. 영락없는 스튜핏*이다.

---

* 많은 작가가 자신의 책에 유행어 쓰기를 꺼린다. 시간이 조금만 지나도 유치해 보이기 때문이라는 이유에서다. 물론 그 말은 맞다. 하지만 유행어를 쓰지 않는다고 시간의 풍화작용에서 자유로운 건 아니다. 솔직히 말하면, 대부분의

한때 나는 몸이 약해 한약을 먹는 어린아이였는데, 한약이 먹기 싫었다. 그래서 엄마는 내가 한약을 먹을 때마다 자두맛 사탕을 주었다.

지금 나는 몸이 부실해 수영장에 다니는 어른인데, 수영장에 가기가 싫다. 그래서 나는 수영장에 갈 때마다 택시를 탄다.

그래, 이게 바로 어른이지!

언젠가 체스터튼은 이렇게 말했다.

어떤 것이 오로지 우아함을 위해 존재한다면, 우아하게 그것을 하든지 아니면 하지 마라. 어떤 것이 엄숙한 척하기 위해 존재한다면, 엄숙하게 그것을 하든지, 아니면 하지 마라. 어정쩡하게 한다면 아무 의미도 없을뿐더러, 심지어 거기엔 어떤 자유도 없다.

책은 그만큼의 시간을 견디지 못한다. 나는 한때의 유행어를 책에 쓰기를 주저할 이유가 없다고 생각한다. 시간이 흐른 후에 누군가에게 펼쳐질 만큼 충분히 운이 좋다면, 그것은 유치함의 증거라기보다는 한 시대 문화의 단편을 보여주는 자료로 기능할 가능성이 더 높다. 다시 말하지만, 유치함의 증거는 그 외에도 많다. 그리고 우리는 그것에 감사해야 한다. 시간과 함께 우리가 조금은 성숙해졌다는 뜻일 테니까.

내가 택시를 타는 이유는 자신에게 약간의 편안함을 주기 위해서다. 약간의 자유를 허락하기 위해서다. 그렇다면 어정쩡한 죄책감에 시달리지 말고 즐겁게 택시를 타자!

그래서 나는 택시 일지를 쓰기로 했다. 내가 택시에 얼마나 많은 돈을 낭비하는 바보 멍청이인지 알기 위해서가 아니라, 때때로 스스로를 얼마나 편안하고 자유롭게 대할 수 있는지 깨닫기 위해서.

이런 식이었다.

3월 2일 10:25	집 → 수영장
3월 3일 00:00	작업실 → 집
3월 3일 16:13	집 → 신촌 위트앤시니컬
3월 3일 23:00	연대 앞 → 집
	(가는 길에 강동호 내려줌)
3월 6일 18:15	집 → 합정
3월 7일 00:00	합정 → 집
3월 7일 10:35	집 → 수영장
3월 7일 12:05	수영장 → 집
......	
......	

앙드레와의 저녁 식사

　내가 가장 좋아하는 영화는 루이 말 감독의 〈앙드레와의 저녁 식사〉다. 변변찮은 극작가 월리스가 친구 앙드레를 만나 저녁 식사를 함께 한다는 내용이다. 하지만 나는 한번도 그들이 저녁을 먹는 모습을 본 적이 없다. 매번 시작하고 3분이 채 지나기 전에 영화를 끄기 때문이다. 레스토랑을 향하는 월리스가 이런 독백을 한 직후다.

　열 살 때만 해도 나는 부자였다. 귀족처럼
　살았다. 택시 타고 다니며 완전 편하게 살았다.
　내 생각은 예술과 음악으로 가득 찼었는데⋯⋯
　내 나이 36세, 이젠 오직 돈 생각뿐이다.

　나는 그 장면을 백 번도 넘게 봤다. 내 나이 37세, 얼마 전에는 7만 원을 들여 앙드레처럼 파마도 했다. 7만 원은 우리 집에서 합정 사이를 택시로 다섯 번 왕복할 수 있는 돈이다.
　파마를 하고 며칠 뒤 김준성문학상 뒤풀이에서 김정환 시인을 만났다. 김정환은 내게 누구냐고 물었다. 나는 개를 좋아하는 생계형 서평가이자 한 여자의 남편이며 지금은 별다른 활동을 하지 않는 후 장사실주의 동인인 동시에 계간 「문학과사회」 편집 동인을 맡고 있는, 전에도 몇 번 선생님에게 인사드 렸던 37세 금정연이라고 말했다. 젠장, 나는 자기소 개가 정말 싫다.

"뭐? 진짜?" 김정환이 내 얼굴을 뚫어지게 바 라보며 말했다. "「문학과사회」 편집동인처럼 안 생 겼는데."

누군가 물었다. "「문학과사회」 편집동인은 어 떻게 생겼는데요?"

"문학에 대한 고뇌로 얼굴이 아주 썩었지. 이인 성처럼. 근데 여긴 달라. 얼굴에 문학에 대한 고뇌가 전혀 보이지 않아. 훤해. 잘생겼어. 나랑 똑 닮았어."

김정환 시인은 1954년생이다. 그리고 윌리스를 닮았다……

몇 주 후에 문학과지성사 시상식장에서 김정환 시인을 다시 만났다. 그는 내 옆자리에 앉아 나를 빤 히 바라보더니 이렇게 말했다.

"그날은 미안했소……"

나는 괜찮다고, 좋은 말씀해주셔서 감사했다고 말했다. 나는 시상식장을 나서며 두 번 다시 파마 따 위는 하지 않겠노라고 문학의 이름으로 맹세했다.

나와 달리 엄마는 완전 걷기 마니아다. 어떻게 이런 엄마에게서 이런 아들이 나왔는지 궁금할 때가 한두 번이 아니다. 우리는 모든 면에서 정반대다. 엄마는 박진영 같은 스타일의 남자를 좋아한다. 나는 박진영 같은 스타일의 남자를 좋아하지 않는다. 엄마는 종편을 즐겨 본다. 나는 종편을 싫어한다. 엄마는 내게 골프를 치라고 말한다. 나는 골프 같은 건 치고 싶지 않다……

택시로 만 원 넘게 나오는 거리를 밥 먹듯 걸어 다니는 엄마는 나보고도 늘 걸어 다니라고, 살려면 걸어야 한다고, 너처럼 책 많이 읽고 움직이지 않는 아이는 그렇게라도 움직여야 한다고 말한다. 심지어 아내한테도 신신당부를 한다. "쟤는 어렸을 때부터 택시를 너무 좋아해. 저러다 큰일 나."

하루는 내 배를 슬쩍 쳐다보며 엄마가 물었다. "너 살쪘니?"

"왜, 살찐 것처럼 보여?" 나는 티 나지 않게 숨을 들이쉬며 되물었다.

"어." 엄마가 말했다. "정신 차려 정연아."

그러더니 건강과 걷기의 중요성에 대한 일장연설이 이어졌다. 나는 그런 이야기들에 신물이 났다. 나는 앙드레가 아니다. 열 살 때도 부자가 아니었고 귀족처럼 살지도 않았다. 어른이 돼서야 내가 번 돈으로 택시를 타는데 그걸 가지고 뭐라 할 수 있나? 어렸을 때 택시를 자주 태워준 것도 아니면서? 그러자 엄마는 나를 빤히 바라보며 이렇게 말했다.

"물론 타진 않았지. 버스 한 정거장 거리만 돼도 택시 타자고 졸라대는데 그걸 어떻게 타니?"

엄마에 대해 내가 이해할 수 없는 것: 맨날 걸으라고 말하면서도 빨리 차를 사라고 재촉하는 이유는 뭘까?

엄마가 우리 부부에 대해 모르는 것: 아내도 나만큼이나 택시를 좋아한다는 사실.

두 대의 택시가 있다

정지돈과 나는 『문학의 기쁨』이라는 책을 같이 썼다. 일종의 대담? 논담? 토론? 좌담? 뭐가 됐든 문학에 대해 이야기 나눈 책으로, 지금까지 1200여 부가 팔린 것으로 짐작된다. 정확한 부수가 궁금해서 강무성 대표에게 몇 번 물어보기도 했지만, 그때마다 그는 어색하게 웃으며 '알함브라 궁전의 추억'이

구슬픈 기타 선율을 입으로 흥얼거릴 뿐이었다……

　나는 지금도 가끔 알라딘에 들어가 『문학의 기쁨』에 달린 독자평을 읽는다. 가장 기억에 남는 것은 독자 'nison123'의 100자평이다.

　"? 지들끼리만 즐거우면 뭐하냐?"

　별점은 한 개. 물음표로 시작해서 물음표로 끝난다는 점이 마음에 든다.

　지돈 씨, 문학이 대체 뭐예요? 『문학의 기쁨』 출간 기념 행사를 앞두고 정지돈에게 물었다. 하늘을 쳐다보던 정지돈은 그 말을 듣더니 구역질을 했다. 어휘, 능변, 진리 추구. 성탄절. 정연 씨 앞에 아기 예수께서 현현하시는 것과 같은 거죠. 로베르토 볼라뇨를 인용하며 정지돈이 말했다.

　일지를 쓰기 시작한 후로 우리는 총 네 번 같이 택시를 탔다.

6월　5일 16:50	집 → 합정	
	(오한기 이상우 정지돈이랑)	
6월　9일 15:40	합정 → 통인동	
	(정지돈이랑)	
8월 17일 21:50	문래 → 망원	
	(강동호 정지돈 홍상희랑)	

10월 19일 02:20　경복궁 → 집
　　　　　　　　　(가는 길에 정지돈 내려줌)

　그전에도 우리는 종종 같은 택시를 탔다. 장거리만 해도 여러 번이었다. 파주에서 합정으로, 합정에서 시흥으로, 시흥에서 다시 합정으로…… 그중 최고는 비 오는 새벽 도쿄에서 이상우와 함께 택시를 탔던 일이다. 그것에 대해서는 다시 말하겠다.

　나는 정지돈에게 전화를 걸어 택시에 대한 책을 쓰게 되었다고, 그런데 무슨 말로 시작해야 좋을지 모르겠다고 털어놓았다. 정지돈은 이렇게 시작하는 거죠, 라고 운을 떼더니 숨도 쉬지 않고 문장을 구술하기 시작했다.

　"택시는 크게 두 가지로 나눌 수 있다. 동양과 서양. 서양의 로버트 드니로. 동양의 송강호. 나는 그 중간에 있다……"

　나는 감사의 마음을 담아 대꾸했다.

　"고마워요 지돈 씨. 아주 큰 도움이 됐어요. 벌써 책을 다 쓴 것 같네요. 지돈 씨가 말해준 문장을 책에 그대로 쓰지는 않겠지만, 쓴 거나 다름없어요. 쓰지는 않을 거지만."

　그러자 정지돈이 말했다.

"정연 씨, 쓴 거나 다름없는 거랑 쓴 거랑은 다르다는 걸 아직도 모르겠어요?"

나는 전화를 끊고 정지돈의 말을 곰곰이 생각해보았다. 영작을 해보기도 하고 영작한 문장을 파파고로 다시 한국어로 번역해보기도 했다. 결과는 이랬다.

"두 대의 택시가 있다. 동서양. 서부에는 로버트 드니로가 있다. 동양에는 송강호가 있다. 저는 그들 사이에 끼어 있어요."

마지막 문장에서 갑자기 존댓말로 바뀐다는 점이 특히 마음에 든다.

무슨 책이라고요?

"택시요. 택시에 관한 책을 씁니다."

굳이 광고하고 다니는 건 아니지만, 누군가 물으면 나는 정직하게 답하는 편이다. 문제는 그렇게 말하고 나면 대화가 좀처럼 이어지지 않는다는 사실이다.

① "요즘에는 어떤 책 쓰세요?"

"택시에 관한 책을 씁니다."

"음, 택시에 관해서 뭘 쓰시는 거예요?"

"……"

② "요즘에는 어떤 책 쓰세요?"

"택시에 관한 책을 쓰고 있긴 한데……"

"오, 얼마나 쓰셨어요?"

"……"

③ "요즘에는 어떤 책 쓰세요?"

"택시에 관한 책이라고 할까요?"

"네?"

"……"

가끔은 택시가 뭐가 그리 좋으냐고 묻는 사람들이 있다. 여름엔 에어컨이, 겨울엔 전기장판이 좋은 이유를 굳이 설명해야 하나?

나는 싫어하는 책에 대해서라면 얼마든지 말할 수 있다. 너무 두꺼워서. 너무 얇아서. 주인공이 너무 멍청해서. 주인공이 너무 똑똑해서. 너무 적은 사건이 벌어져서. 너무 많은 사건이 벌어져서. 날이 좋아서. 날이 좋지 않아서. 날이 적당해서…… 그런데 좋아하는 책에 대해서는 무슨 말을 한담?

어린 시절 읽은 『피너츠(Peanuts)』의 한 장면이 지금도 기억난다. 라이너스를 왜 그렇게 좋아하냐는 질문에 샐리 브라운은 이렇게 대답한다.

"누군가를 싫어하는 이유를 물어보는 건 괜찮지만, 누군가를 좋아하는 이유를 물어보는 건 안 돼. 왜냐하면 그게 더 어려우니까."

바로 이것이 내가 『피너츠』를 좋아하는 이유다.

빅데이터

2017년 3월 2일부터 11월 30일까지(총 274일)

총 택시 탑승	274회
실제 택시 탑승일	164일
일 평균 택시 탑승	1회
탑승일 평균 택시 탑승	1.67회

월별 택시 탑승 횟수

시간대별 택시 탑승 횟수

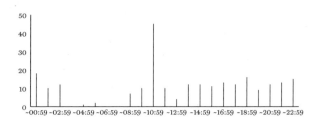

지역별 택시 탑승 횟수

서울	250	부산	5	대구	5
속초	4	평촌	3	인천	2
광명	1	안산	1	안동	1
일산	1	태안	1	계	274

택시 탑승 지역

택시 하차 지역

탑승 종류

함께 탑승한 사람

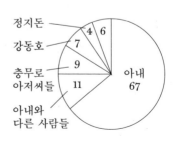

택시를 가장 많이 탄 날: 하루 4회

5월 20일

09:45   집 → DMC역

15:30   대구미술관 → 중앙로역

18:57   광명역 → 평촌 한림대병원 장례식장

21:30   평촌 한림대병원 → 집(아내랑)

6월 8일

05:25   집 → 서부병원(아내랑)

05:38   서부병원 → 동신병원(아내랑)

12:05   동신병원 → 집(아내랑)

23:30   망원 → 집

9월 6일

00:15   녹번역 → 집

01:00   상암 → 집(아내랑)

14:55   집 → 합정

17:55   합정 → 위트앤시니컬(김신식 황예인이랑)

연속 택시 탑승 기록

11일   4월 3일 ~ 4월 13일

9일   11월 2일 ~ 11월 10일

8일   11월 23일 ~ 11월 30일

7일   8월 28일 ~ 9월 3일

        9월 5일 ~ 9월 11일

연속 택시 비탑승 기록

11일   7월 15일 ~ 7월 25일

4일   5월 21일 ~ 5월 24일

        10월 3일 ~ 10월 6일

        11월 19일 ~ 11월 22일

장거리 기록

4월 1일   집 → 안산 (36,380원)

5월 13일 집 → 평촌

        평촌 → 집

5월 20일 평촌 한림대병원 → 집

인 마이 오피니언

역시 정확하게 몇 부가 팔렸는지는 모르겠지만 초
판 2천 부가 다 팔리지 않은 것만은 확실한 내 두 번
째 책 『난폭한 독서』에 알라딘 독자 '갓'이 남긴 100
자평에 따르면, "세상에는 두 종류의 글쓰기가 존재
한다. 금정연이 쓴 것과 금정연이 또 쓴 것." 실제로
나는 지나치게 많은 글을 써왔다. 그래서 글을 쓰다
막힐 때면 내 이름과 특정 키워드를 함께 검색해보
곤 한다. 만약 자기표절이 법으로 금지된다면 나는
다른 직업을 찾아야 할 것이다……

　나는 네이버 검색창에 '금정연＋택시'라고 친
다. 그러면 2016년 5월 25일 〈한국일보〉에 실린 '무
지, 묵인, 잠재적 동조'라는 제목의 글을 볼 수 있다.
이런 글이다.

　나는 택시를 사랑한다. 세상엔 수많은 종류의
택시가 있지만 최고는 역시 혼자 타는 택시다.
　다음으로 좋은 건 아내와 함께 타는 택시인데,
그렇다고 아내보다 택시를 더 사랑한다는 말은
아니다.
　얼마 전에 잡지 인터뷰를 했다. 아마
서평가라는 직업이 신기하기도 하고 궁금하기도
했던 모양이다. 나는 택시를 타고 갔다.

일과 관련된 자리에 갈 때면 나는 늘 택시를 탄다. 그러지 않으면 처음 보는 사람 앞에서 울어버릴지도 모르기 때문이다.

인터뷰가 끝나갈 무렵 질문하던 기자가 내게 물었다. 세상에 책이 전부 사라진다면 무슨 일을 할 거냐고. 나는 택시 기사가 될 거라고 대답했다. 나도 모르게 튀어나온 대답이었다. "택시를 타면 기분이 좋거든요."

"택시 타는 거랑 택시 모는 건 다르지 않아요?" 기자는 황당한 얼굴로 내게 말했다. 물론 그 말이 맞다. 하지만 책을 읽는 것과 책에 대한 글을 쓰는 것도 다르기는 마찬가지다. 나는 책 읽기를 좋아해서 책에 대한 글을 쓰기를 직업으로 삼은 인간이다. 흔히 인간은 어리석고 같은 실수를 반복한다고들 한다. 그렇다면 나 또한 같은 실수를 반복하지 않을 이유가 없지 않은가.

글을 쓰는 직업을 가진 사람은 모든 것을 원고 매수로 환산해서 생각한다는 말이 있다. 예를 들면 이런 식이다. 옷가게에서 마음에 드는 옷을 발견한다. 가격표를 확인한다. 그리고 생각한다. '아, 이 바지가 원고지 12매라니!' 나로서는 이해할 수 없는 이야기다. 원고 매수에 대해 내가 생각하는 건 딱 하나다. 원고지 1매를 쓰면 택시를 대충 18분에서 23분 정도 탈 수 있다는 것. 내가 쓰는 모든 원고의 10퍼센트는 택시를 위한 것이다. 가끔은 순전히 택시를 타기 위해 원고를 쓰기도 한다.

아내 역시 택시를 사랑하지만 혼자 타는 택시는 좋아하지 않는다. 택시 기사가 위협적인 태도로 대한다거나, 카드 결제를 하겠다고 하면 짜증부터 낸다거나, 속도를 줄여달라고 부탁해도 무시하고 난폭운전을 한다거나, 기분 나쁜 농담을 건넨다거나 했던 기억들 때문이다. 나는 물론 안타까웠지만 심각하게 생각하지는 않았다. 내가 당하지 않은 일이 아내에게 일어난 것은 단지 운이 나빠서라고, 어쩌면 아내가 너무 예민했는지도 모른다고 생각했다. 마치 지난 17일 일어난 '강남역 살인사건'이 여성혐오 살해가 아니라 '묻지 마 범죄'라고 애써 주장하는 사람들처럼.

사건 이후 강남역 10번 출구의 포스트잇을 통해, '여성 폭력 중단을 위한 필리버스터'를 통해, 트위터를 비롯한 SNS를 통해 터져 나온

수많은 여성의 목소리를 들은 후에야 나는 지금까지 내가 심각한 오해를 하고 있었다는 사실을 깨달았다. 그러나 다시 생각하면 그건 전혀 오해가 아니었다. 나는 누군가가 (여자라서) 겪어야 하는 일들은 별로 깊게 생각하지 않았고, 내가 (남자라서) 겪지 않아도 되는 일들은 생각조차 하지 않았다. 이건 아무리 좋게 말해도 무지이거나 묵인이거나 잠재적 동조지 오해가 아니다.

비단 택시만을 이야기하는 게 아니다. 지하철에서, 버스에서, 길거리에서, 학교에서, 회사에서, 병원에서, 술집에서, 노래방에서, 클럽에서, 집에서……. 심지어 태어나기 전부터 여성들은 크고 작은 위협에 노출되어 있다(위의 단어들과 함께 여성, 범죄 등의 키워드를 검색해보라). 그리고 여성이라는 이유만으로 누군가 범죄의 잠재적 피해자가 되는 사회라면 그 사회는 여성혐오 사회가 맞다. 이런 상황에서 여성혐오가 아니라는 주장들은 그 자체로 우리가 여성혐오 사회에 살고 있다는 단적인 증거다.

이런 글을 쓰고 있자니 꼼짝없이 우울해진다. 아무래도 택시를 타러 나가봐야 할 것 같다.

그런데 아내는 그리고 다른 모든 여성은, 대체 언제쯤에나 기분 좋게 혼자 택시를 탈 수 있지?

나는 지금도 그게 궁금하다. 아니, 그때보다 지금 더 궁금하다.

총알택시

연애 시절 아내는 종종 총알택시를 탔다. 심야에 강남역이나 사당역 등지에서 안양이나 안산, 수원 등 경기 남부로 가는 승객들을 모아 좌석이 차면 출발하는 택시다. 요금은 일인당 1~2만 원. 물론 불법 영업이다. 주머니 사정이 넉넉하지 않은 이들이 막차를 놓쳤을 때 마지못해 선택하는 경로다. 한때 일부 기사들이 졸음을 이기기 위해 각성제를 복용하고 환각 상태에서 운전을 한다고 해서 사회적으로 논란이 되기도 했다.

나는 아내에게 물었다. "그렇게 빨리 달리면 안 무서워?"

"무섭긴. 어차피 한 번 사는 인생이야." 아내는 대답했다.

돌이켜보면, 아내가 나와 결혼한 것도 비슷한 이유였던 것 같다.

우리는 같은 대학 같은 학과를 다녔다. 아내는 술에 취했을 때면 나와 동기들을 향해 자신의 염세적인 세계관을 설파하곤 했다. "영원의 관점으로 응시하면……" 어딘지 먼 곳을 바라보는 것처럼 가늘게 뜬 눈으로 아내는 말했다. "우리는 넓디넓은 우주의 무수한 별들 속 한 점에 불과한 존재야."*

우리는 그것을 '점론(點論)'이라고 불렀다.

"젊은 아가씨가 겁도 없네. 안 무서워요? 내가 어떻게 할 줄 알고."

다른 손님들이 다 내리고 혼자 남아 꾸벅꾸벅 졸던 아내에게 총알택시 기사가 말했다. 아내는 당황했고 화가 났지만 기사에게 별다른 대꾸를 하지는 못했다. 기사도 더는 말을 걸지 않았다. 아내는 무사히 집에 도착했다. 그런데 그걸 '무사히'라고 할 수 있을까.

---

* "영원의 관점으로 응시하면"은 중세 철학자들이 즐겨 쓴 표현으로 따옴표 안 문장은 마크 롤랜즈의 책에서 인용한 것이다. 하지만 내 기억에 아내도 거의 똑같은 표현을 썼다.

나는 아내에게 앞으로는 차가 끊기기 전에 집에 들어가자고 했다. 아내는 걱정 말라고 했다. 택시를 타고 가다 조금이라도 이상한 낌새가 느껴지면 차문을 열고 뛰어내릴 거라고 했다. 안 다칠 자신 있다며 실제로 뛰어내리는 시늉도 했다. 에잇, 추임새까지 넣으면서. 나는 그냥 웃고 말았다.

그때 나는 내가 남자라서 겪지 않아도 되는 세상이 있다는 사실을 상상조차 못하는 남자였다. 정확하게 말하면, 그런 세상이 있다는 사실을 상상할 수 있다는 사실조차 상상하지 못하는 남자였다.

토드 차베스에게는 상상력이 있었다. 토드는 보잭 홀스맨의 으리으리한 할리우드 저택에 얹혀사는 백수다. 보잭은 자기혐오와 알코올에 절어 사는 한물 간 시트콤 배우다. 그리고 말(horse)이다. 정말 끝내주는 설정이다. 이것이야말로 내가 미국 문화에 기대하는 모든 것이다…… 어쨌거나 여기서 중요한 것은, 다시 말하지만, 토드에게는 상상력이 있었다는 사실이다.

토드는 상상력을 이용해 피넛버터 씨와 에밀리와 함께 새로운 사업을 시작한다. 피넛버터 씨는 보잭 홀스맨의 라이벌이자 이웃사촌이다. 그리고 리트

리버 품종의 개(dog)다. 에밀리는 오랜만에 재회한 토드의 첫사랑으로 그녀는 최근 술에 취해 보잭과 함께 하룻밤을 보냈지만 토드는 아직 그 사실을 모른다…… 물론 여기서 중요한 것은, 그들이 새로운 사업을 시작했고, 그것이 조만간 대박을 칠 거라는 사실이다.

넷플릭스 오리지널 애니메이션 시리즈 〈보잭 홀스맨(Bojack Horseman)〉 세 번째 시즌에서……

카브라카다브라:
우리는 운전석에 여자를 앉힙니다

"수상쩍은 운전사가 자기 전화번호를 주거나, 죽은 여자 친구를 닮았다고 하거나, 주소를 외우려고 천천히 반복해서 말한 적 있어요?"

토드가 피넛버터 씨에게 묻는다.

"설마! 전혀!"

피넛버터 씨의 대답에 토드는 이번에는 에밀리를 바라보며 묻는다.

"하지만 여자였다면 이런 일은 다반사겠죠?"

"맞아, 토드. 내가 경험한 바로는 남자 열 명

중 아홉 명은 저질 쓰레기야.”

에밀리가 대답한다.

“만약에 이런 남자 운전사가 없는 새로운 개념의 택시가 있다면 어떨까요?”

토드의 도발적인 질문에 피넛버터 씨는 고뇌에 잠긴다.

“로봇 운전사를 말하는 거야? 그러다 우릴 죽이려고 하거나 노조를 만들면 어떡해? 그럼 정말 골칫거리지.”

“살인 로봇이 아니라 여자 운전사예요.”

“토드, 또 해냈구나!”

토드가 에밀리의 어깨에 손을 올린다.

“실은 에밀리랑 같이 생각한 거예요.”

피넛버터 씨가 만세를 외친다.

“토드, 에밀리, 또 해냈구나! 처음으로!”

이것이 카브라카다브라의 시작이었다. 여성의, 여성에 의한, 여성을 위한 (일종의) 카카오택시. 토드의 예상대로 안전한 공간을 원하는 여성들의 수요는 엄청났고, 그들의 사업은 곧바로 화제가 된다. 하지만 토드의 상상은 여기서 멈추지 않는다. 안전한 공간을 여자들에게만 제공할 게 아니라 남자들에게도 제공하면 어떨까? 피넛버터 씨가 다시 한 번 만세를 외친다.

"새로운 시장이군!"

얼마 후, CEO 토드가 파트너 피넛버터 씨에게 말한다. "여자들에게 안전한 공간을 여자들보다 남자들이 더 좋아해요. '벌떡강도69'가 이런 댓글을 달았거든요. '섹시한 여자 운전사들이 나를 멋진 곳으로 데려다준다.'"

"노골적이네."

"그런데 기사들은 새 손님들에게 불평해요."

"직원들이 불평을 해? 군기를 좀 잡아야겠군."

"단골손님 대부분은 완벽한 신사지만, 그들이 기사를 평가하는 기준이 점차로 성과보다는 '박음직함(bangability)'에 치우치며 '박음직한(bangable)' 운전사들에게 유리해져서 외모가 '생기다 만(more homely)' 직원들은 '박음 위주(sexy-ocracy)'의 회사 생활에 불만이 커진대요."

"우리의 첫 번째 목표는 여성들에게 편안하고 안전한 공간을 제공하는 거니까……" 잠시 난감해하던 피넛버터 씨는 이윽고 결단을 내린다. "거기가 불편한 여자들은 거기가 편안한 여자들로 교체되어야지."

"신사들 옆에서 편안함을 느끼는 여자들을 어디서 찾죠? 알았다, 신사 클럽!"

"바로 그거야!"

"고래 월드로!"

결국 카브라카다브라의 모든 직원이 '고래 월드' 클럽 스트리퍼 출신의 범고래(killer whale)로 교체되자, 회사의 매출은 폭발적으로 성장한다.

부동산 직원에게 토드가 말한다.

"애초의 목표는 여성을 위한 안전한 공간을 만드는 거였어요. 그러다 여성과 남성을 위한 안전한 공간으로 수정되었다가, 지금은 여성을 위한 안전할 것 같은 공간이자 남성이 여성을 쳐다보기에 매우 안전한 공간으로 수정됐죠. 그래서 아주 큰 공간이 필요해요."

그렇게 가는 거지……*

---

* 나는 이것이 새로운 리얼리즘이라고 생각한다. 새로운 리얼리즘은 몇 겹의 아이러니와 약간의 과장을 요구한다,

지상의 밤

일지를 쓰는 동안 여성 기사가 모는 택시를 한 번 탔다. 어쩌면 두 번. 혹은 세 번? 모르겠다. 애당초 택시 기사의 성별을 기록해야 할 이유가 없지 않나?

지금까지 내가 만난 여성 택시 기사들에게는 공통점이 있다. 먼저 말을 걸기 전에는 한 마디도 하지 않는다는 것이다. 나는 말을 걸지 않고, 기사는 자신의 일을 하며, 우리는 목적지에 도착한다. 평화롭고, 완벽하다…… 길이 막히고 안 막히고는 부차적인 문제일 뿐이다. 약속 시간에 여유가 있는 경우라면. 그런 경우가 잘 없긴 하지만……

내가 가장 좋아하는 택시 영화에는 여성 택시 기사가 나온다. 짐 자무쉬 감독의 〈지상의 밤〉. 다섯 개의 도시, 다섯 대의 택시가 등장하는 옴니버스 영화다. LA. 뉴욕. 파리. 로마. 헬싱키. 그중에서 내가 택시를 타본 도시는 하나도 없다. 일단 거기에 가야 택시를 타든지 말든지……

첫 번째 에피소드. 위노나 라이더가 모자를 거꾸로 쓰고 줄담배를 피우는 택시 기사로 등장한다. 그녀는 LA 공항에서 제나 로우랜즈를 태운다. 할

리우드의 캐스팅 담당자로 일하는 로우랜즈는 새로운 영화에 필요한 새로운 얼굴을 찾는 중이다. 그리고…… 찾았다!

"택시 운전하는 게 행복해 보이네요." 로우랜즈가 말한다.

"그런 셈이죠. 그러니까…… 네, 좋은 직업이에요." 라이더가 대답한다.

"하지만 이게 당신의 꿈인가요? 택시 기사 말이에요."

"뭐가 잘못됐나요?"

"아뇨, 미안해요. 그런 뜻으로 얘기한 게 아니에요."

택시는 LA 도심을 지나 비벌리힐즈로 향한다. 그곳은 내게도 익숙하다. 글을 쓰거나 책을 읽거나 집안일을 하는 틈틈이 혹은 그런 일을 하기 싫어질 때마다 나는 플레이스테이션으로 〈GTA5〉를 하며 LA 도심을 드라이브한다. 한번은 언덕 위에 세워진 이탈리아 깡패의 호화로운 별장을 박살내기도 했다. 실은 스무 번쯤……

하루 종일 씹던 껌을 대시보드에 붙이며, 라이더는 사실 택시 기사를 평생 하고 싶은 건 아니라고 고백한다. 그럼 그렇지. 미소를 지으며 그럼 뭐가 되고 싶으냐고 묻는 로우랜즈에게 라이더는 대답한다. 정비사요. 정비사요? 네, 정비사요. 그리고 라이더는 자신이 살고 있는 삶과 자신이 살고 싶은 삶에 대해 이야기한다. 둘 사이의 거리는 멀지 않고, 지금 라이더는 그곳을 향해 가고 있는 중이다. 적절한 속도로. 라이더는 자신의 계급과 삶을 사랑한다. 로우랜즈는 생각한다. 그래, 이 아이야.

택시에서 내린 로우랜즈는 라이더에게 말한다.

"당신을 지켜봤는데 솔직히 말해서 당신에게 관심이 있습니다. 그러니까 지금 당신을 캐스팅하려고요. 아마 완벽할 거예요. 정말 굉장한 배역이죠. 당신은 무비스타가 될 수 있어요."

라이더는 난처하게 웃는다.

"별로 하고 싶지 않아요. 지금 하는 일을 잃고 싶지 않거든요. 하던 일을 망치고 싶지 않아서요. 제 마음 이해하시죠?"

서둘러 결정하지 않아도 된다고, 얼마나 멋진 일이 벌어질지 생각해보라고 로우랜즈는 설득하지만 라이더는 여지를 남기지 않는다.

"네, 알아요. 하지만 전 택시 운전사예요. 보시다시피 이게 제 일이에요. 아까도 말했듯이 저는 정비사가 될 거예요. 모든 여자가 스타가 되고 싶어 하는 것도 알아요. 하지만…… 설명하기 어렵기는 한데, 저에게도 계획이 있는데요, 계획대로 순조롭게 잘 되고 있어요. 당신도 그걸 망치고 싶진 않겠죠?"

씁쓸하게 고개를 젓는 로우랜즈에게 라이더는 덧붙인다.

"하지만 제의는 감사해요."

〈지상의 밤〉을 다시 보며 문득 그런 생각이 들었다. 전형적인 노동계급 청소년의 복장과 말투를 지닌 라이더. 자신을 진정으로 사랑해주는 남자와 결혼해서 아들을 많이 낳을 거라고 말하는 라이더. 모든 여자가 스타가 되고 싶어 하는 건 알지만 자기는 정비사가 될 거라고 말하는 라이더……

이것이야말로 독립영화계의 스타로 불리던 백인-남성-감독의 뇌내망상 속에서 '할리우드 된장녀들과 그 워너비들'에 대한 안티테제로 만들어진 가상의 '개념녀'는 아닐까? 특히 그 역할을 위노나 라이더라는 배우에게 맡겼다는 사실이……

사실일 수도 있고 아닐 수도 있다. 누가 알겠는가? 짐 자무쉬에게는 그런 의도가 없었을 수도 있고, 당시에 영화를 본 누구도 그런 생각을 하지 않았을지도 모른다. 사실 이것은 남들이 뭐라 하건 자기가 가고 싶은 곳으로 가는 사람의 이야기다, 자신이 하는 일에 만족을 느끼는 사람의 이야기다. 노동의 가치와 삶의 의미에 대한 이야기다. 꼭 이렇게 딱딱한 이야기만은 아니겠지만……

하지만 〈지상의 밤〉과 우리 사이에는 30년 가까운 시차가 있다. 우리는 그때의 사람들이 보던 것과는 다른 것을 본다. 문화는 공기와 같아서, 우리는 우리가 숨 쉬는 것의 정체를 알지 못한다. 시간과 함께 많은 것이 변한 후에야 뒤늦게 인식하게 되는 것이다. 엄청 많은 미세먼지를 들이마시고 난 후에야 미세먼지라는 말을 알게 된 것처럼. 물론 30년 후의 사람들은 또 다른 것을 볼 것이다. 그리고 우리는 우리가 본 것에 대해 생각해야 한다.

지금 내가 생각하는 것들. 왜 아직도 나는 짐 자무쉬를 좋아하지?* 버스를 몰며 틈틈이 시를 쓰는 고독한 남자와 그를 너무 사랑하지만 남자가 시를 쓰는 데는 방해가 되는 아내가 등장하는 짐 자무쉬의 근작 〈패터슨〉에도 고독한 예술가라는 신화와 관련된 미묘한 여성혐오가 있지 않나? 그런데 내가 이

---

* 그나마 짐 자무쉬가 우디 앨런이 아니라서 다행이다.

런 지적을 할 자격이 되나? 여성 기사가 운전하는 택시가 적은 이유는 뭐지? 한번 카브라카다브라 같은 스타트업을 시작해볼까? 옛날에는 정말 택시에서 다들 저렇게 담배를 피워댔나? 흡연 택시와 비흡연 택시를 나눠서 원하는 기사와 사람은 택시에서 흡연하게 하는 방법은 없을까? 밤에 달리는 차 안에서 담배 피우면 기분 짱 좋지 않나? 글쎄, 아무래도 담배 이야기는 취소하는 게 좋겠다……

라이센스

전국택시운송사업조합연합회 홈페이지에 따르면 택시 운전 자격을 취득하기 위해서는 다음과 같은 조건이 필요하다.

· 사업용 차량을 운전하기에 적합한 운전면허
  (제1·2종 보통면허 이상) 소지자
· 시험 접수일 현재, 연령이 만 20세 이상인 자
· 시험 접수일 현재, 운전경력이 1년 이상인 자
· 종전 택시운전자격이 취소된 날부터 1년 이상
  경과된 자(※도로교통법상 정기 적성검사
  미필로 운전면허가 취소되어 택시운전자격이
  취소된 경우 제외)
· 운전적성 정밀검사(교통안전공단 시행) 적합
  판정 자
· 기타, 택시운전자격 취득 제한
  사유(여객자동차 운수사업법 제24조 제3항
  및 제4항)에 해당되지 아니한 자

2002년에 1종 보통면허를 땄으니 나도 어느새 15년 무사고 경력의 운전자가 되었다. 정확하게 말하자면 15년 무운전 경력의 운전자가 되었다고 해야겠지만, 근데 그걸 운전자라고 할 수 있나? 내게 이것은 일종의 철학적 질문으로 들린다. 아무도 보지 않는 숲속에서 나무가 쓰러졌다면 나무는 쓰러진 것인가 쓰러지지 않은 것인가……

그렇다고 내가 1종 보통면허를 딴 걸 후회한다는 말은 아니다. 면허시험을 준비하며 포터를 모는 일은 즐거웠다. 한때 나는 대형 트레일러에 화물을 싣고 유럽 대륙을 횡단하는 〈유로트럭〉이라는 게임을 즐겨 했다. 게임에 빠져 지내는 동안 나는 소박한 꿈을 꾸기도 했다. 핸들과 페달과 대형 모니터를 갖춘 나만의 게임룸을 갖는……

엄마는 90년대 초반에 2종 보통면허를 땄지만 운전은 하지 않았다. 그리하여 10년 무사고 운전자에게 주어지는 '그린면허'를 발급 받고 1종 보통면허로 업그레이드까지 받았다.

그 후로 엄마는 '대학 교수 사모님이 백화점 갈 때만 잠깐씩 몰았던'* 중고차를 구입해 10년 넘게 끌고 다닌다. 그 시간 동안 차는 수없이 긁히고 부딪혔지만 여전히 털털거리며 잘 나간다. 언제 어디서건

---

* 이 말이 '집 나간 며느리도 돌아오는 가을 전어'처럼 중고차 업계에서 통용되는 일종의 여성혐오적인 관용어구라는 사실은 최근에야 알았다.

자신이 가고 싶은 길을 간다. 차선 변경, 우회전, 좌회전, 유턴 모두 거침이 없다.

엔진 소리가 이상한 것 같다고 엄마에게 말하면 매번 똑같은 대답이 돌아왔다. 엊그제 차량검사소에서 정기점검을 받았는데 아무 이상도 없었다는 말이다. 어떤 운명의 장난으로 나는 늘 점검 이틀 후에 그 차를 탄다. 어쨌거나 크고 작은 사고들에도 불구하고 엄마의 면허는 2종 보통으로 다운그레이드되지 않았다. 원한다면 엄마는 택시 자격증을 딸 수도 있다. 물론 그런 일은 벌어지지 않는 게 좋다. 엄마와 나 그리고 세계의 평화를 위해서……

지금도 나는 엄마 차를 탈 때면 안전벨트를 거듭 확인한다. 깜박 잊고 벨트를 매지 않는 일은 절대로 없다.

고령화 택시

4월 4일 오전 11시 20분. 집에서 첨단산업센터에 가기 위해 택시를 탔다. 기사는 뒤통수만으로도 연세가 느껴지는 할아버지였다. 탈 때부터 뒷좌석 창문이 조금 열려 있는 게 신경 쓰였지만 굳이 단기는 않았다. 그대로 은평터널을 지났다. 나는 약간 포기한 기분이었다. 터널 밖이나 터널 안이나 미세먼지가 가득한데, 굳이 터널을 지날 때만 조심할 이유가 있나?

터널을 지나자 택시 기사 할아버지가 말했다. "기관지가 사람 몸에서 얼마나 중요한지 알아요?"

"중요하죠." 내가 말했다.

"그런데 공기가 이 모양이라. 나도 마스크 써야 하는데 하루 종일 택시 안에 있어서 쓸 수가 없어."

하마터면 그럼 창문은 왜 열고 다니시는 거냐고 물을 뻔했다……

나는 기사 할아버지의 나이가 궁금했지만 묻지는 않았다. 나는 언젠가부터 남의 나이를 묻지 않는 사람이 되었다. 개나 고양이가 아니라면…… 다만 기사 할아버지가 들려주는 이야기로 나이를 추측해보았다.

"내가 운전을 몇 년 했는지 알아요? 어디 보자, 그게 몇 년이지? 내가 스무 살 때 운전을 배웠어. 미군한테. 나한테 운전을 가르쳐주면서 그러는 거야. 지금은 차가 별로 없지만 너희 나라도 머지않아 잘살게 되면 차가 많아질 거라고. 운전 기술 배워두면 쓸 데가 많을 거라고……"

어디 보자, 미군이라고……?

택시 일지를 쓰기 한참 전에도 할아버지 기사가 운전하는 택시를 탄 적이 있다.

"이게 무슨 노래인지 알아요?" 기사 할아버지가 내게 물었다.

나는 귀를 기울였다. 영어도 아니고 불어도 아닌 가사가 들렸다. 나는 모르겠다고 했다.

"칸초네야. 나는 이걸 엠피스리로 들어요."

그러더니 칸초네를 따라 부르기 시작했다. 나는 약간 당황했다.

잠시 후 기사 할아버지는 주섬주섬 신문지를 꺼내더니 내게 내밀었다. 내미는 손이 덜덜 떨리고 있었다. 나는 얼른 신문을 받아들었다.

"내가 가장 존경하는 사람이에요. 나보다 세 살 많으신 분이지."

어느 지방지에 실린 인터뷰 기사였다. 택시에 기대 선 노인을 찍은 사진이 보였다. 최고령 택시 기사…… 백발…… 귀가 잘 들리지 않는…… 같은 문구들도……

기사 할아버지는 최고령 택시 기사 기록을 깨는 게 목표라고 했다. 그 순간 나는 약간 감동했다.

해맑게 말하는 기사 할아버지에게 어떤 종류의 애정을 느끼기도 했다. 그리고 나는 자문했다. 이건 누군가와 함께 롤러코스터를 타거나 외나무다리를 걷거나 공포영화를 보면 심장 박동이 빨라져서 상대에게 호감을 느끼는 것과 같은 종류의 감정이 아닐까? 확실히 내 심장은 빨리 뛰고 있었다. 택시 기사 할아버지의 떨리는 손을 본 이후로 쭉 그랬다⋯⋯

그 후로 나는 택시를 타면 택시 기사의 나이를 가늠해보는 버릇이 생겼다. 대개는 50대 정도로 보였지만 60대나 70대로 보이는 분들도 제법 많았다.

언젠가 아내와 택시에 탔을 때, 라디오에서는 열띤 토론이 벌어지고 있었다. 정부에서 65세 이상 택시 기사의 운전 능력을 검사하는 제도를 마련하겠다고 입법 예고했는데, 택시 기사들의 반대로 아직 실행되지 않고 있다는 것이다.

"업계 구조상 젊을 때 버스나 화물차를 몰면서 운전 경력 쌓은 다음에 개인택시로 넘어오는 경우가 많거든요. 그런데 이제 와서 자격증을 내놓으라고 하면 생존권을 침해하는 거죠."

"지금 생존권 말씀하셨는데, 승객의 생존권도 있지 않습니까? 내 돈 내고 타는데. 물론 나이에 따라 자격을 주고 말고 이거는 명백한 연령 차별이고 말도 안 되지만, 운전을 할 수 있는 능력이 되는지는 체크를 해야죠. 지금 통계를 보면 택시 기사가 평균 65세인데, 70세 이상 기사의 사고 비율이 두 배나 많아요. 영국에서는 70세 이상이면 3년마다 운전을 할 수 있는지 검사를 받고 있어요. 모든 운전자가."

"비율은 두 배라고 해도 사고의 성격이 달라요. 대인사고는 오히려 적거든요. 반응 속도와 관련한 접촉사고가 대부분이고요. 과속하다가 대형 사고 치는 젊은 운전자들하고는 다르다는 말이죠."

그때, 택시 기사가 끼어들었다.

"미친놈들, 누가 나이 먹고 일하고 싶어서 일하냐. 버는 돈 반이라도 주면 당장 그만두지. 이게 다 보험회사가 장난질해서 그런 거예요. 사고가 안 나면 지들이 다 먹으니까. 사고 좀 나면 어떻다고. 사고를 내지도 않는구만. 조선 민족은 이래서 안 돼. 다 썩을 놈들이야. 이대로 망할 거야. 북쪽도 마찬가지야. 대대로 이 나라가 침략을 몇 번이나 당했는지 아세요? 931번이에요. 그럴 때마다 적군은 죄다 나라 안에 있었어. 다들 앞잡이 노릇이나 하고."

나와 아내는 무슨 말을 해야 할지 몰라 각자의 스마트폰을 들여다보았다. 나는 검색창에 '우리나라

침략 931번'이라고 쳤다. 결과는 놀라웠다. "전 세계 어딜 나가도 이웃 나라와 가까운 곳은 없다. 지금까지 931번의 침략, 5년에 한 번 중국은 우리나라를 침략했다. 친구는 멀리 있는 것"이라고 자유한국당 경선 토론에서 김진태 후보가 말했다……

"내가 몇 살처럼 보여요? 일흔한 살이에요. 제가 51년 동안 서울에서 운전한 사람이에요." 택시 기사는 갑자기 손전등을 켜더니 대시보드를 비추었다. "여기 이거 보이죠? 이게 30년 무사고 훈장이에요. 5년 전에 받은 거예요. 이런 택시니까 안심하고 타시라고 붙여놓은 거예요. 제가 송해 선생이 택시에 3천만 원 두고 내린 거 찾아줘서 텔레비전에도 나온 사람이에요."

그때 라디오에서 토론 패널이 말했다.

"70대 이상 분들에게 자신을 노인이냐고 생각하느냐고 설문을 했는데 78퍼센트 이상이 아니라고 생각한다는 결과가 나왔어요. 하지만 실제로는 그렇지 않거든요. 내가 운전 경력이 얼만데 하는 생각, 이것이 사고의 원인이 될 수 있어요……"

문득 부산에서 할아버지가 운전하는 택시를 탔던 기억이 떠올랐다. 택시는 전국에서 가장 혼잡하다는 부산 도심을 거침 없이 질주했다. 브레이크와 액셀 모두 거침없이 밟았다. 아무래도 다리가 불편하신 것 같았다……

나는 고령화 시대를 대비해서 이제라도 운전을 배워야겠다고 생각했다……

도로주행

차를 사기로 했다. 어떻게 그런 생각을 하게 됐는지는 모르겠다. 나도 아내도 이제 빌어먹을 기성세대가 되어버렸다는 것밖에는……

한때 우리는 차를 사는 것보다 타고 싶을 때마다 택시를 타는 게 훨씬 경제적이라는 결론을 내렸다. 사실이 그랬다. 할부금에 보험료에 세금에 유류비에 기타 등등. 환경이나 사회를 생각해도 차를 사지 않는 게 맞다. 이미 이 도시에는 너무 많은 차가 있다. 물론 우리 부부가 그런 문제에 민감한 사람들이라는 말은 아니다……

우리는 중고차를 사기로 했다. 아는 사람을 통해서 매물도 알아봤다. 이런저런 매물이 있었다. 이런저런 매물은 늘 있다. 문제는 우리가 운전을 못한다는 사실이었다. 중고차를 사도 집까지 끌고 올 방법이 없었다. 그래서 나는 운전 연수를 받기로 했다.

택시를 타고 성산자동차운전전문학원에 갔다. 내가 운전면허를 딴 곳이다.

"면허 딴 지 얼마나 됐어요?" 강사가 내게 물었다.

"별로 안 됐어요. 15년쯤?" 내가 대답했다.

"그래요." 강사가 시큰둥하게 말했다. "나는 얼마나 됐을 것 같아요?"

강사는 내게 시동을 걸어보라고 했다. 나는 기어를 P에 놓고 브레이크를 밟으며 키를 돌렸다.

강사가 내 오른쪽 허벅지를 쳤다.

"브레이크 브레이크. 거기는 액셀."

나는 내가 브레이크와 액셀을 헷갈렸다는 사실에 깜짝 놀랐다. 그리고 강사가 대수롭지 않게 반응했다는 사실에 한 번 더 놀랐다……

막상 운전을 시작하니 의외로 익숙한 느낌이었다. 몸이 기억하는 것 같았다. 마치 수영처럼. 하지만 나는 수영을 하지 못한다. 태안으로 시나리오 합숙을 떠나느라 3주 만에 수영을 그만뒀기 때문이다. 자유형도 다 배우지 못하고 발차기만 했다. 수영 일지의 마지막은 강사의 이런 말로 끝난다.

"회원님은 수영 진짜 안 느는데, 안 빠지고 나와서 좋아요. 의욕이 있다는 거니까. 그거면 반은 먹고 들어가는 거예요."

면허시험장을 두 바퀴 돈 뒤 밖으로 나갔다. 오전의 도로는 한산했다. 우리는 디지털미디어시티로 갔다. 아저씨들과 시나리오 작업을 하는 첨단산업센터가 있는 곳이다. 합숙을 하지 않을 때면 아저씨들과 나는 그때그때 충무로와 첨단산업센터를 오가며 작업했다. 라비타의 뒷좌석에 앉아 오가던 거리를 투싼 앞자리에 앉아 바라보니 색다른 기분이었다. 전체적으로, 뒷좌석이 더 나았다.

상암동을 한 바퀴 돌다가, 내가 운전을 하지 않는 이유가 기억났다. 굳이 내가 운전을 해야 하는 이유를 모르겠다는 게 그 이유였다. 합정에 가고 싶다고? 좋아, 택시를 타자. 광화문에 가고 싶다고? 좋아, 택시를 타자. 이태원에 가고 싶다고? 그래, 택시를 타자. 강남에 가고 싶다고? 글쎄, 나는 강남에는 별로 가고 싶지 않은데, 하지만 네가 꼭 가야겠다면 택시를 타자……

한마디로, 택시가 있는데 굳이 힘들게 운전을 해야 할 필요가 뭔가? 운전대를 잡으면 긴장으로 어깨가 굳어지고 신경은 날카로워진다. 어딜 가도 주차가 걱정이다. 술을 마시면 대리를 불러야 한다. 자칫하면 사고를 낼 수도 있다. 도로가 막히기라도 하면 내 안의 어두운 본성을 마주해야 한다……

운전만으로도 정신이 없는데, 강사는 말을 멈추지 않았다. 그게 직업이니 당연하겠지. 문제는 매번 자신이 한 말을 확인시키는 버릇이었다.

"기어 1단은 가파른 언덕을 올라갈 때 쓴다. 언제 쓴다고?"

"언덕을 올라갈 때요."

"내가 오랫동안 지켜봤는데, 아무리 운전 경력이 많아도 이걸 아는 사람은 거의 없더라고. 좌회전 신호가 없는 삼거리에서 우회전할 때는 왼쪽 깜빡이를 켜야 해요. 직진해서 오는 차들 입장에서 보면 그건 좌합류거든. 좌회전 신호가 없는 삼거리에서 우회전할 때 어느 쪽 깜빡이를 켜야 한다고?"

"왼쪽 깜빡이요."

"우회전이 아니라 뭐라고?"

"좌합류요."

그나마 운전에 관련된 부분은 참을 수 있었다. 하지만 강사는 모든 대화를 그런 방식으로 끝냈다.

"부인은 운전해요?"

"저랑 똑같아요. 장롱면허."

"부인들도 운전을 해야 해. 먼저 잘 배워서 부인도 운전을 시켜. 나는 결혼한 지 20년 됐는데 초반에 아내가 운전을 안 해서 마트 간다 뭐 한다 맨날 운전해줬어. 남자들 마트 가면 뭐 해요? 주차장에서 담배나 피우지. 그런데 한 시간이 지나도 안 나와. 속 터지지. 어떻게 한다고?"

"속 터진다고요."

"아니, 그거 말고."

"마트 주차장에서 담배 피운다고요."

"아니, 이 사람아. 부인한테 운전을 시켜서 그런 사태를 미연에 방지하라는 거지. 뭐라고?"

"……미연에 방지한다고요."

나는 달리는 차에서 문을 열고 뛰어내릴 뻔했다……

차는 상암동을 몇 번 돈 다음 덕은동 쪽으로 들어갔다. 구불구불한 왕복 2차선 도로를 달렸다. 낮은 언덕을 넘어가는데 맞은편 차선에서 갑자기 덤프트럭이 나타났다. 깜짝 놀라서 차는 하마터면 밭으로 떨어질 뻔했다. 강사는 웃으며 너무 무서워할 필요는 없다고, 그래도 이런 길을 달릴 때는 조심해야 한다고, 그래서 운전 연수를 열 시간쯤 받으면서 되도록 여기저기 많이 돌아다녀봐야 한다고 말했다. "뭐라고?"

"운전 연수를 열 시간쯤 받으면서 되도록 여기저기 많이 돌아다녀봐야 한다고요……"

연수를 끝내고 자동차학원 쪽으로 차를 돌려서 나갈 때였다. 주위는 아파트 신축 공사가 한창이었다. 강사는 나를 툭툭 치더니 손으로 어딘가를 가리키며 한번 보라고 했다. 예전에 나는 공식적으로 우리 차는 아니었던 레조에 엄마를 태우고 손칼국수를 먹으러 연천에 간 적이 있다. 운전면허증을 발급 받은 날이었다. 그때도 엄마가 나를 툭툭 치며 어딘가를 보라고 했다. 나는 고개를 돌렸다. 그러자 나도 모르게 핸들이 반대 방향으로 돌아갔다. 반대편 차선에 서서 신호를 기다리던 차가 다급하게 클랙션을 울렸다……

강사가 가리키는 곳으로 고개를 돌리자 그리 멀지 않은 곳에 줄지어 있는 고층 아파트가 보였다.

"저기가 어딘 것 같아요?"

"서울이요?"

"상암동이야. 진짜 가깝지. 도로만 건너면 바로잖아. 근데 여기는 경기도거든."

강사는 공사 현장을 가리키며 말했다.

"경기도니까 분양가가 싸다고. 하나쯤 받아놓으면 좋지. 요즘에는 부동산 아니면 돈 못 벌어. 하나 사서 몇 년 살다가 오르면 팔고, 또 샀다가 오르면 팔고 그래야지. 나도 몇 년 사이에 그렇게 한 몇 억 벌었어. 집에 돈 좀 있어요?"

　"없어요."

　"그럼 지금 집 팔아서라도 여기 한번 생각해봐. 아니면 대출을 받든가. 분양 받고 1년쯤 지나면 못해도 6천은 오를 거야."

　나는 생각해보겠다고 말했다. 거짓말이었다.

　그러자 강사가 내 눈을 바라보며 말했다.

　"얼마 오른다고?"

　나는 달리던 속도 그대로 과속방지턱을 넘으며 대답했다.

　"6천이요……"

　택시를 타고 집으로 돌아왔다. 온몸이 두들겨 맞은 것처럼 쑤셨다. 나는 소파에 누워 넷플릭스로 별로 웃기지도 않은 미국 B급 코미디 영화들을 봤다. 나는 별로 웃기지도 않은 미국 B급 코미디 영화들을 다시 보는 것을 좋아한다. 〈스텝 브라더스〉〈앵커맨〉〈내 여자 친구의 결혼식〉〈크레이지, 스투피드, 러브〉〈이지A〉…… 모두 내 인생 최고의 영화들이다……

"운전 연수 잘 했어?" 퇴근해서 돌아온 아내가 물었다.

"지금 하고 있잖아." 내가 말했다. 아내가 돌아왔을 때 나는 플레이스테이션으로 〈GTA5〉를 하고 있었다. GTA는 Grand Theft Auto의 약자다. 위대한 차 도둑……

나는 아내에게 잠깐 앉아보라고 말했다. 마침 오토바이를 훔친 참이었다. 나는 집에서도 얼마든지 운전 연수를 할 수 있다고 말하며 오토바이를 몰기 시작했다.

오토바이는 LA 도심을 질주했다. 풀스로틀로 차들 사이를 칼치기하며 한동안 잘 달렸다. 아내가 웃었다. 그럴듯한데? 하는 웃음이었다. 우리는 여러 면에서 죽이 잘 맞는다. 아니면 단순히 아내가 천사거나…… 그런데 골목에서 갑자기 차가 튀어나왔다. 쾅! 프랭클린 클린턴*은 그대로 튕겨져 나와 30미터 앞 도로에 처박혔다. 피가 튀었다. 그래도 괜찮았다.

---

* 〈GTA5〉의 등장인물. 할렘의 좀도둑이었지만 마이클 드 산타를 만나서 큰 판에 끼게 된다.

헬멧도 쓰고 있었고 에너지도 반밖에 줄지 않았다. 아내가 탄식했다. 나는 웃었다. 어차피 게임이잖아? 바로 그때, 덤프트럭이 정확하게 클린턴의 머리 위로 지나갔다…… 아내는 절레절레 고개를 저으며 방으로 들어갔다.

아직도 차를 사지 못했다. 두 번 다시 운전 연수를 받지 않았기 때문이다. 말 많은 강사 때문은 아니다. 〈GTA5〉 때문도 아니다. 아저씨들과 3주 동안 파주로 시나리오 합숙을 떠나야 했기 때문이다……

목적지에 도착하지 않은 적은 한번도 없으니까

'대중교통 육성 및 이용촉진에 관한 법률'에 따르면 택시는 대중교통이 아니다. 부가가치세 면세 대상인 각종 버스나 철도와 달리 항공기, 전세버스, 택시는 부가가치세 과세 대상이다. 차이는 이렇다. 부가가치세 면세 대상은 매일같이 탈 수 있다. 부가가치세 과세 대상은 매일 탈 수 없다. 단 하나, 택시만 빼고.

다시 말해, 택시는 탈 것 중에서는 가장 싼 사치품이다. 가성비! 개이득!

분명하게 말하지만 나는 가성비라는 말이 싫다. 듣기만 해도 피곤해질뿐더러, 어쩐지 영혼까지 가난해지는 느낌이 든다. 그리고 나는 영혼이라는 말도 싫어한다……

　서교동에 있는 문학과지성사에 가기 위해 택시를 기다렸다. 언덕 위쪽에서 택시 한 대가 질주해왔다. 택시는 미끄러지듯 내 앞에 섰다. 스피드를 즐기는 백발의 기사였다. 마치 영화 속 장면 같았다. 케이블TV에서 새벽에 틀어주는 제목도 배우도 모르는 그런 영화…… 택시는 창문을 활짝 연 채 미세먼지 가득한 도로를 질주하기 시작했다.

　지금까지 나는 택시를 타고 합정 일대와 우리집 사이를 수백 번도 넘게 오갔다. 그 사이에는 다양한 경로가 있다. 하지만 대부분의 택시 기사가 선택하는 길은 엇비슷하다. 서교동사거리를 동교동삼거리로 잘못 알아들은 경우를 제외하면(실제로 그런 일이 두어 번 있었다) 이 두 경로를 크게 벗어나지 않는다.

　　ⓐ 증산로를 타고 월드컵터널을 지나 좌회전해
　　　 월드컵로로 가는 길

ⓑ 증산로를 타고 월드컵터널 직전에서 좌회전
해 월드컵북로로 가는 길

　처음에 택시는 증산로 뒤편의 골목길로 들어갔
다. 여기까지는 오차 범위 안이다. 다시 말하면 취향
의 문제. 나는 느긋하게 등을 기대고 앉아 익숙한 창
밖 풍경을 바라보며 택시가 언제쯤 증산지하차도 쪽
으로 빠질까 생각했다. 다음 골목에서? 그다음인가?
그러나 예상과는 달리 택시는 수색로로 나가는 길을
택했다. 순간 나는 기사가 서교동사거리를 동교동삼
거리로 착각했다고 생각했다. 증산교사거리에서 성
산동으로 빠지는 샛길로 들어가서 굴다리를 통과할
게 아니라면야. 그리고 내 경험상 지금까지 그런 경
로를 택한 택시는 단 한 대도 없었다. 왜? 그럴 필요
가 없으니까.

　하지만 세상에는 굳이 필요 없는 일을 하는 사
람들이 있다. 요즘 같은 세상에서도 여전히 책을 읽
는 사람이라면 내 말을 이해하겠지⋯⋯

　신호를 받은 택시는 우아한 곡선을 그리며 디
지털미디어시티역을 지나 샛길로 직행했다. 어쩐지
허를 찔린 기분이었다. 나는 생각했다. 괜찮아. 단지
취향이 조금 독특한 택시 기사를 만났을 뿐이야. 달

라지는 건 아무것도 없어. 어차피 쭉 나가서 중암교 사거리에서 월드컵북로를 타면 똑같잖아? 그러면 이제는 이름도 얼굴도 기억나지 않는 어린 시절 친구들이 살던 시영아파트를 지나겠지. 엄마가 맨날 말하듯 30년 전에는 3천만 원도 안 하던, 그러나 이제는 6억 원을 호가하는…… 하지만 아니었다. 택시는 굴다리를 나오자마자 좌회전해서 연남로로 이어지는 새 도로로 접어들었다. 이번엔 나도 깜짝 놀랐다. 도로가 만들어진 지 벌써 10년이 넘었지만, 그런 도로가 생겼다는 사실을 내가 늘 잊어버리기 때문이다.

그렇다면 문제는 우회전이다. 이대로 홍대입구역까지 달려서 양화로를 탈 게 아니라면 어디에선가는 월드컵북로로 진입해야 한다. 다음 골목에서? 그다음인가? 하지만 이번에도 내 기대는 여지없이 어긋나고 말았다. 택시는 미세먼지를 뚫고 계속해서 직진했다. 내가 졸업한 신북초등학교와 운전면허를 딴 성산자동차운전전문학원을 지나 희뿌연 추억 속으로……

돌이켜보면, 나는 행복한 유년 시절을 보낸 것 같다. 이 문장의 의미는 두 가지다. 하나. 지금 나는 그다지 행복하지 않은 장년 시절을 보내고 있다. 둘. 어느새 나도 나이를 먹어버렸다……

이제 택시는 연남동으로 접어들었다. 나는 계속해서 추측했다. 삼거리에서 우회전해서 성미산로로 들어가거나, 연남로를 직진해서 양화로로 나가거나. 물론 아니었다. 택시는 예상하지 못한 순간에 무지개아파트 옆 카센터 골목으로 쑥 들어가더니 좁은 골목길을 요리조리 누비기 시작했다. 이제 거의 현기증이 날 정도였다.

그때, 골목길을 따라 길게 늘어선 빨간 벽돌 담벼락이 눈앞에 나타났다. 우중충하고 사람을 주눅들게 하는 기분 나쁜 담이었다. 어딘지 낯이 익기도 한……

주차된 차들을 피해 택시는 속도를 늦추었다. 나는 이곳이 어딘지 곰곰이 생각해보았다. 열린 창문으로 들리는 소리들. 미세먼지와는 다른 흙먼지. 퀴퀴하기도 하고 고릿하기도 한 냄새들. 낡은 벽돌담 위로 솟은 삐죽삐죽한 철조망을 보며, 나는 어디로 가야 바지를 찢기지 않고 담벼락을 넘을 수 있는지 내가 알고 있다는 사실을 깨달았다. 경성고등학교. 그곳은 내가 졸업한 고등학교의 담벼락이었다. 3년 동안 매일 같이 뛰어다녔던 골목길을 십 수 년 만에, 이번에는 택시로 통과하고 있는 것이었다.

나는 줄리언 반즈의 소설을 떠올렸다. 시대의

소음 속에서, 한 사람의 음악가로 남고 싶었던 쇼스
타코비치의 삶이 끝난 지점은 그가 바란 적도 없고
상상한 적도 없는 곳이었다. 그는 기사가 모는 고급
관용 승용차 뒷좌석에 몸을 기댄 채, 젊은 시절의 그
가 길가에 서서 지금의 그를 본다면 어떻게 생각할
지 궁금해한다. 반즈는 이렇게 쓴다.

　이런 것이 우리를 위해 삶이 구상하는 비극들
　중 하나일지 모른다. 늙어서 젊은 시절에는 가장
　경멸했을 모습이 되는 것이 우리의 운명이다.

　하지만 나는 쇼스타코비치가 아니다. 고등학교
시절의 나도 별것 아니기는 마찬가지였다. 나는 과
거의 나와 지금의 나, 둘 모두를 위해 한숨을 쉬었
다. 그리고 택시 기사에게 정중하게 부탁했다.
　"기사님, 죄송하지만 빨리 좀 가주시겠어요?"
　그날 집에서 서교동사거리까지 택시를 타고 가
며 깨달은 게 하나 있다. 버스나 지하철, 여객선이나
비행기와는 달리 택시는 그때그때 다른 경로를 달린
다. 바로 그게 내가 택시를 좋아하는 이유였다. 어떤
경로로 가길 원하느냐고 묻는 택시 기사들에게 나는
알아서 가달라고 말한다. 낯선 길로 가는 기사에게

돌아가는 거 아니냐고 따진 적도 없다. 나는, 가능하다면 늘, 새로운 경로를 원했다. 은발의 택시 기사와 함께 강제 추억여행을 하기 전까지는 그 사실을 미처 알지 못했다.

　우리는 모두 어딘가로 가려 한다. 물론 우리는 그곳이 아닌 지금 이곳에 있다. 여기와 저기. 그러나 저기까지 가는 길을 정하는 건 내가 아니다. 돌아갈 수도 있고, 아무것도 아닌 곳에서 길을 잃을 수도 있다. 심지어 전혀 다른 곳에 도착하기도 한다. 매순간 우리는 원하지도 않았고 상상하지도 못했던 지점들을 지난다. 우리가 원하는 곳으로 가고 있기를 희망하면서…… 그것이 기본적으로 내가 인생을 바라보는 방식이다. 내 생각에, 택시도 비슷하다. 그러니 요금 얼마 더 내는 게 뭐 그리 대수겠는가? 심지어 목적지에 늘 데려다주는데.

　택시의 세계에 가성비는 필요 없다. 그것이 내가 택시 일지에 요금을 적지 않는 이유다.

아이러니와 에피파니

오전 10시 40분의 합정역사거리는 혼잡했다. 나는 택시 기사에게 마포서강도서관에 가달라고 했다. 기사는 마포서강도서관이 어디인지 모르겠다고 했다. 나는 길이라면 얼마든지 가르쳐드릴테니 제발 출발해달라고 애원했다. 기사는 고개를 절레절레 젓더니 미터기를 눌렀다.

그즈음 나는 시나리오 작업에 이골이 나 있었다. 9월이었고, 충무로 아저씨들과 파주의 어느 펜션에서 3주 일정으로 시나리오 작업을 하는 중이었다. 반년 동안 벌써 네 번째 합숙이었다. 태안, 무주, 봉평 그리고 파주…… 시나리오 일지는 오래전에 접었다. 거기엔 드라마가 있었다. 일지가 아니라 소설을 써야 할 지경이었다. 다툼과 화해. 타오르는 우정의 빛과 그늘. 삶이 된 영화와 영화가 된 삶. 부서진 꿈들과 흘러가버린 시간. 서로 다른 식성과 술버릇에 대한……

다행히, 합숙과 맞물려 목요일 저녁마다 라디오 생방송에 출연하게 되었다. 나는 남들 앞에서 말하는 걸 좋아하지 않는다. 무슨 말이라도 해야 한다고 생각하면 나는 정말 아무 말을 한다. 라디오에서 말하는 건 더 싫다. 특히 생방송은 최악이다. 나는 아무 말을 하지 않을 때면 아무 말이나 지껄여대다가 사회적으로 매장될까 봐 벌벌 떨며 지낸다. 하지만 라디오 출연을 핑계로 일주일에 하루는 합숙에서 벗어날 수 있었고, 그것만으로도 위험을 감수할 이유는 충분했다.

아저씨들은 시나리오 작업이 한창인데 왜 상의도 없이 혼자 일정을 잡았느냐며 나를 비난했다. 적반하장이었다. 더 이상의 합숙은 없다고 약속해놓고 멋대로 합숙을 결정한 건 아저씨들 아니었나요?

"자네는 영화인이 아니네." 술에 취한 주례 선생님이 선언했다. "앞으로 쭉 책 쓰고 강연하고 라디오 하고 그렇게 사시게."

"강연하고 라디오는 모르겠지만 앞으로 쭉 책 쓰고 살려고요. 영화인 아니니까." 나는 술에 취해 대꾸했다. 그런데도 우리가 여전히 합숙을 하고 있다는 사실이 믿어지지 않는다.

물론 나는 강연도 좋아하지 않는다. 어쩌다 강연을 하고 나면 사기꾼이 되어버렸다는 자괴감에 시달리곤 한다. 사기꾼은 그럭저럭 참을 수 있다. 하지만 돈 못 버는 사기꾼은 최악이다…… 그런데 어찌된 일인지 파주에서 합숙하는 동안 나는 세 번이나 강연을 하게 되었다.

아저씨들과의 합숙에서 벗어날 수만 있다면 못할 게 없었다……

강연은 오전 11시였다. 도서관에서 지원하는 지역 독서 모임 회원을 대상으로 하는 특강. 나는 늦지 않게 일어나 2200번 버스를 탔다. 파주는 한산했고 자유로도 그랬다. 파주를 오간 적은 많았지만 그때만큼 자유로라는 이름이 크게 와닿은 적이 없다. 투 더 프리덤!

도로는 가양대교 즈음에서부터 막히기 시작했다. 아직 여유가 있었다. 나는 창밖을 바라보며 강연에서 말할 내용을 머릿속으로 정리해보았다. 책을 읽는 방법은…… 글을 잘 쓰려면…… 사기 칠 때 중요한 것은……

그때 도서관 사서에게서 전화가 왔다.

"어디세요? 저는 오늘 외근이 있어서 강의 참석 못 하거든요. 미리 인사드리려고요."

나는 시계를 보았다. 10시 15분.

"지금 가고 있어요. 11시 딱 맞춰서 도착할 것 같아요."

"네? 저는 10시 30분 시작이라고 알고 있었는데……" 사서가 말했다. "모임 회장님한테 확인하고 바로 연락드릴게요."

　　심장이 덜컹 내려앉는 것 같다는 말이 있다. 진부한 표현이다. 하지만 그 순간 내 기분이 그랬다. 누군가 내 몸속으로 손을 넣어 심장을 쑥 빼간 것 같았다. 빼간 심장을 바이킹 이물에 달아놓은 것 같았다. 롯데월드도 아니고 속초 엑스포공원이나 월미도의 허름한 바이킹들에…… 나는 거의 토할 뻔했다.

　　잠시 후 사서에게 문자 메시지가 왔다.

　　"10시부터였다고 하네요.. 제가 어제 연락드렸어야 했는데, 죄송해요. 동아리 회장님께 작가님 연락처 전달하겠습니다~"

　　꽉 막힌 지유로에서, 나는 사서가 보낸 물결표(~)를 타고 내 심장을 매단 바이킹이 먼 바다로 떠나가는 모습을 그저 지켜볼 수밖에 없었다……

　　그날 있었던 일은 자세히 말하고 싶지 않다. 나는 합정역에 도착해 택시를 탔고 도서관에는 10시 55분에 도착했다. 5분 일찍 혹은 55분 늦게. 나를 기다리고 있던 독서 모임 회원들에게 들어 마땅한 비난을 받았고, 얼마 지나지 않아 너그럽게 용서를 받았다. 나는 충만한 인류애를 느끼며 서둘러 강연을 시작했다.

"책을 읽으면 읽을수록 읽어야 하는 책이 많아집니다. 글을 쓰면 쓸수록 내가 쓰는 글이 싫어집니다. 이것이 독서와 글쓰기의 아이러니입니다……"

나는 저녁때가 다 돼서야 파주로 돌아왔다. 어느덧 해가 지고 있었다. 펜션 마당에서 고양이들에게 캔 사료를 주고 있던 아저씨들이 손을 흔들며 반갑게 나를 맞이했다.

"금 작가, 강연은 잘 했는가?" 주례 선생님이 물었다.

나는 고개를 끄덕였다. 밥을 먹던 고양이들이 일제히 나를 돌아보았다. 어른 고양이 둘. 청소년 고양이 넷. 모두 여섯 마리였다. 길었던 하루가 주마등처럼 눈앞을 스치고 지나갔다. 원죄와 구원. 속죄와 방언. 그리고 지금 햇빛을 받으며 나를 바라보는 고양이까지……

그 순간 나는 평론가들이 말하는 에피파니가 무엇인지 깨달았다.

거짓말이다. 단지 눈물이 차올랐을 뿐이다……

할 수 있는 자가 구하라 (인생)

인간의 모든 불행은 방에서 휴식을 취하며 지낼 수 없다는 오직 한 가지 사실에서 비롯된다. 파스칼은 말했다. 그리고 2017년은 내 인생에서 가장 불행한 해였다.

태안. 속초. 대구. 인천. 무주. 봉평. 안동. 강릉. 파주. 부산…… 일이다 경조사다 시나리오 작업이다 해서 봄부터 가을까지 전국을 돌아다녔다. 집밖에서 보낸 56일. 그중에서 아저씨들과 보낸 날이 40일……

아저씨들과 나는 라비타(LAVITA)라는 이름의 하얀색 차를 타고 다녔다. 50세 아저씨가 54세 아저씨에게 준 차다. 2000년대 초반에 현대자동차에서 출시한 모델이라고 했다. 나는 그전까지 그런 모델이 있는 줄도 몰랐다. 영영 몰랐다면 더 좋았겠지만…… 이탈리아의 자동차 회사 피린파리나에서 디자인해서 잠시 화제를 모으는 듯했으나, 이내 단종된 비운의 자동차. 어쩐지 인생(la vita)이라는 이름에 어울리는 이야기다.

엄마가 중고차를 산 건 내가 독립한 후였다. 엄마와 함께 사는 동안 우리 집에 차가 있었던 적은 한

번도 없었다. 그러니까 공식적으로는……

　운전면허를 따고 몇 달 뒤. 새벽에 몰래 차키를 훔쳐서 나갔다. 드라이브도 하고 편의점도 갈 생각이었다. 그때만 해도 집 근처에 편의점이 없었다. 성산로를 타고 마포구청 교차로에 섰다. 좌회전해서 망원동 쪽으로 들어갈 생각이었다. 하지만 좌회전이 금지였다. 우회전을 하기에는 이미 늦었다. 나는 성산대교로 진입했다. 다리를 건너면 유턴할 곳이 있을 줄 알았다. 아니었다. 성산대교는 서부간선도로로 이어졌고, 도로에는 중앙선 대신 콘크리트 펜스가 끝없이 늘어서 있었다. 나는 그런 도로가 있다는 사실을 그때 처음 알았다. 반쯤 넋이 나간 내 머리 위로 표지판들이 스쳐갔다. 양평교…… 목동교…… 오목교…… 신정교…… 오금교……

　어디서 서부간선도로를 빠져나왔는지 모르겠다. 어떻게 동네로 돌아왔는지도. 나는 성산2동 성당 앞에서 신호를 기다리고 있었다. 원래는 사랑유치원이 있던 자리였다. 나는 사랑유치원 1회 졸업생이다. 원장이었던 탤런트 김미숙과 찍은 사진도 있다. 집까지 남은 거리는 500미터. 나는 하늘에 계신 성모님과 어디에 계시는지 모르는 김미숙 원장님께 감사 기도를 드리며 액셀을 밟았다. 차는 움직이지 않았다. 갑자기 시동이 꺼진 것이다. 아무리 키를 돌려봐도 요지부동이었다. 순간 머릿속이 하애졌다. 내가 탄 차는 배기량 3천cc의 뉴그랜저. 엄마의 (당시) 남자 친구 차였다······

　나는 차를 버리고 달아나 다시는 돌아오지 않겠다고 다짐했다. 나쁘지 않은 생각이었다. 어차피 군대도 가기 싫었다······

　차들이 경적을 울리며 지나갔다. 15분쯤 지났을까. 도로에 차가 없는 걸 확인한 후 안전벨트를 풀고 핸드폰을 챙겨 나가려는데 시동이 걸렸다. 나는 최대한 조심스럽게 운전했다. 주차 공간은 비어 있었다. 대각선으로 전면주차할 수 있는 자리였다. 오른쪽으로 핸들을 돌리며 이제 됐다는 생각이 들었다. 1미터만 더 밀어넣고 빌어먹을 차에서 내려 잠자리에 들면 된다. 완전범죄. 그런데 차가 또다시 멈췄다. 시동이 꺼진 건 아닌데, 액셀을 밟아도 나가지 않았다. 부웅 부웅 엔진 돌아가는 소리만 났다. 나는 액셀을 깊게 밟았다. 그러자 부우우웅~ 하는 소리와 함께 차가 들썩였다. 마치 90년대에 유행한 〈MTV〉 스타일의 힙합 뮤직비디오 같았다. 깜짝 놀라 밖으로 나와 보니 오른쪽 펜더가 찌그러져 있었다. 조수석 문은 아예 열리지도 않았다. 주차해 있던 옆 차 범퍼에 차가 걸렸던 것이다. 그것도 모르고 액셀을…… 나는 조용히 후진한 후 넉넉히 공간을 두고 핸들을 돌려 주차를 끝냈다. 차키를 원래 있던 자리에 돌려놓고 침대에 누웠다. 잠이 쏟아졌다. 너무 지쳐서 될 대로 되라는 심정이었다.

다음 날, 나는 비명을 지르며 잠에서 깨어났다. 아무 일도 일어나지 않았다. 다음 날도, 그다음 날도. 나중에 엄마를 통해 전해 듣기로는 차가 공장에 들어갔고 수리비는 150만 원쯤 나왔다고 했다. 나는 생각했다. 뉴그랜저 몰려면 수리비 150만 원 정도는 있어야지……

1년 뒤 나는 군대에서 뉴그랜저의 차주였던 엄마의 전 남친이 사기를 쳐서 엄마가 그때까지 모은 전 재산의 3분의 2를 들고 튀었다는 소식을 전해들었다. 그때 나는 생각했다. 수리비치고는 제법 많이 나왔군……

지난해까지 내가 가장 많이 탄 차는 처남이 운전하는 차였다. 결혼하기 전부터 나와 아내는 종종 처남의 차를 타고 놀러다녔다. 2011년 12월 24일에는 처남의 (당시) 여자 친구와 함께 경남 고성에 가기도 했다. 정확하게 말하면 가려고 했다고 해야겠지만. 아침 일찍 출발한 우리는 마치 습식 사우나처럼 짙은 안개가 낀 천안논산고속도로를 달리다 96중 추돌사고에 휘말리게 되는데……*

　하지만 그것도 이제 옛말이다. 2017년을 기점으로 내가 가장 많이 탄 차는 라비타가 되었다. 생각하면 이상한 일이다. 주례 선생님을 제외하면, 그전까지는 존재하는지도 몰랐던 사람들과 존재하는지도 몰랐던 차를 타고 존재하는지도 몰랐던 동네를 돌아다니며 존재하는지도 몰랐던 술과 음식을 먹고 존재하지도 않았던 이야기를 쓰게 되었으니까.

　Così è la vita(이런 게 인생이지)……**

<hr />

* 　자세한 이야기는 『실패를 모르는 멋진 문장들』(금정연, 2017)에 실린 '어떤 탈출'이라는 글에서 확인할 수 있다.

** 　나는 구글 번역기를 통해 "that's life"라는 영어를 이탈리아어로 번역했다. 그리고 파파고에 "Così è la vita"를 넣고 다시 한국어로 번역해보았다. 그러자 파파고는 "식도 조영술을 취소했어요"라는 문장을 내놓았다. 이탈리아어를 지원하지 않는 파파고가 스페인어라고 착각하고 번역한 것인데, 아무리 그래도 이해할 수 없는 결과다. 어쩐지 나는 파파고가 좋아졌다……

도쿄 택시

다음은 제현주 작가와 내가 진행했던 팟캐스트
〈일상기술연구소〉의 한 부분을 풀어 쓴 것이다.

……올 초에 정지돈, 이상우라고 소설 쓰는
친구들이랑 같이 일본에 놀러갔는데 택시를 너무
타보고 싶은 거예요. 그런데 돈은 별로 없고,
혼자 간 것도 아니고, 일본 택시는 비싸다고
그래서 탈 생각을 안 했는데, 다른 친구 중에
먼저 일본에 간 친구가 있었어요. 문학평론가 겸
편집자 황예인. 그 친구는 네즈 미술관 근처에
숙소가 있었고, 나머지 저희는 코엔지라는 데
숙소가 있었는데 거리가 차로 15분? 20분? 그
정도 돼요. 근데 네즈 근처에서 술을 마시다가
시간이 늦어져서 새벽 세 시쯤? 어쩔 수 없이
택시를 타게 된 거죠. 왔으니까 한번 타자! 뭐
어때! 그러고 탔는데 20분밖에 안 갔거든요.
아니, 15분쯤 갔나? 근데 5만 원이 나온
거예요. 5천 엔. 내려서 우리끼리 얘기했어요.
와 진짜 비싸다. 근데 잘 탔다. 한 번은 탈 만
하다. 지금 아니면 언제 타보겠어? 이러면서

숙소로 들어가는데, 열쇠가 없는 거예요. 어, 어디 갔지? 다들 사색이 되어가지고. 이상우는 주머니 다 뒤집고 지갑도 탈탈 털고. 혹시나 해서 황예인한테 전화를 해봤더니, 이 친구는 저희가 하도 떠들어대서 좀 짜증난 상태로 헤어졌었는데, 열쇠를 그쪽에 놓고 왔다는 거예요. 그래서 다시 택시를 탔죠. 그 새벽에. 네즈에 도착해서 택시 기사한테 조또마떼 구다사이, 잠깐만 기다려달라고 부탁하고 열쇠를 받아서 다시 택시를 탔어요. 타서 아까 출발했던 곳으로 다시 돌아가달라고 했더니 택시 기사가 걱정이 됐나 봐요. 이상한 일이잖아요. 술 취한 한국 애들이 새벽에 택시를 타서, 일본말도 못하는데, 네즈를 가달라더니 다시 돌아가달라고 하고, 돈도 없어 보이는데…… 기사가 우리한테 그러더라고요. 잇츠 익스펜시브, 베리 익스펜시브, 두 유 해브 머니? 그래서 우리도 술에 취했으니까, 지갑에서 지폐를 꺼내서 위 해브 머니, 얼랏 오브 머니, 돈 워리…… 지금 생각하면 완전 진상이죠. 돌아올 때쯤 되니까 해가 뜨기 시작하는데, 코엔지 역에서 저희 숙소까지 차가 못 들어가게 막아놓은 거예요.

아침에는 차가 못 다니나 봐요. 아님 주말이라서? 아무튼 거기서 숙소까지 엄청 멀었거든요. 부슬부슬 비도 오고. 그래서 왕복 요금 만 엔을 내고 맥도날드 앞에 내리는데, 일본 택시는 문이 자동문이잖아요? 기사가 버튼을 눌러서 열어줘야 열리는데 저 혼자 손잡이 붙잡고 덜컹덜컹, 이게 왜 안 열려 하면서…… 이 자리를 빌려 기사님께 정중하게 사과드리고 싶네요. 아무튼. 그날 아침 우리는 비를 맞으며 숙소로 돌아왔고, 아주 늦게까지 잤어요. 이것이 제가 일본에서 10만 원 어치 택시를 탄 이야기입니다.

미래 이후의 미래

내가 가장 좋아하는 러시아 작가는 세르게이 도블라토프다. 구소련의 반체제 작가. 정부의 박해를 피해 망명을 결심한 도블라토프는 출국 수속을 밟으러 관청을 찾았다가 뜻밖의 소식을 듣는다. 내무부의 특별지시로 출국할 때는 여행가방이 일인당 세 개만 허용된다는 것이다. "고작 세 개요? 그럼 짐들은 다 어쩌라구요? 내가 수집한 경주용 자동차든

은요?" 그는 항의했지만 직원은 콧방귀도 뀌지 않는다. 별 수 없이 집으로 돌아온 그는 짐을 싼다. 그리고 깨닫는다. 아, 가방 하나로 충분하구나.

나는 내 신세가 처량하게 느껴져 눈물이
쏟아질 것만 같았다. 내 나이 서른여섯이 아닌가.
그 서른여섯 해 가운데 18년 동안 돈벌이를
하며 살았다. 수중에 돈이 생기면 물건을 사고는
했으니, 그렇게 사들인 것들이 적지 않을 것이다.
그런데 그 결과가 달랑 여행가방 하나다. 그것도
코딱지만 한 가방으로. 아니, 내가 거지도
아니고, 어떻게 이린 지경이 돼 버렸을까?

도블라토프처럼 윌리스도 36세였다. 〈앙드레와의 저녁식사〉의 주인공 말이다. 나는 37세지만 만으로는 아직 36세……

도블라토프의 여행가방에는 핀란드산 양말과 특권층 구두(훔친 것이었다), 점잖은 더블버튼 양복과 장교용 벨트, 페르낭 레제의 점퍼와 포플린 셔츠, 겨울 모자와 운전장갑이 들어 있었다. 도블라토프 자신의 문장들도……

이를테면 이런 문장들이다.

정말로 쯔이뻰은 자뽀로줴쯔를 샀었다. 하지만
만성 알코올 중독자인 그는 몇 달 동안 운전대를
잡지 않았다. 11월에 차는 눈에 덮이고 말았다.
자뽀로줴쯔는 작은 눈 언덕으로 변했다. 그
주변에는 항상 동네 꼬마들이 모여 있었다.

봄이 되자 눈이 녹았다. 자뽀로줴쯔는 경주용
자동차처럼 납작해져 있었다. 지붕은 아이들의
썰매에 눌려 찌그러져 있었다.

이를 본 쯔이뻰은 오히려 좋아라 했다.

"운전을 하려면 술을 마시면 안 되지. 하지만
택시는 술 취해도 탈 수 있거든……."

내 스승이라는 인간들은 이런 부류였다.

시의회 건물 맞은 편 중앙 소공원에 레닌
동상을 세워야 했다. 성대한 집회가 조직되었고
천오백 명가량의 사람들이 모였다.

감동적인 음악이 울려 퍼졌고 연설가들이
발표를 했다.

동상은 회색 천으로 덮여 있었다.

그리고 이제 결정적인 순간이 다가왔다.
두두두두 북소리가 울리는 가운데 지역
집행위원회 관리들이 천을 벗겨낸다.

레닌은 잘 알려진 포즈, 즉 도로에서 택시를
잡는 여행자의 포즈로 표현되어 있었다.
오른손은 미래로 향하는 길을 가리키고 있었다.
왼손은 열려 있는 외투의 주머니 속에 있었다.

음악이 잠잠해졌다. 정적이 깃든 가운데
누군가가 웃기 시작했다. 잠시 후, 온 광장이
웃음바다가 되었다.

오직 한 사람만이 웃지 않았다. 레닌그라드의
조각가 빅또르 드르이자꼬프였다. 그는 놀란
얼굴은 차츰 낙담과 절망으로 일그러졌다.

대체 무슨 일이 생긴 걸까? 불행한 조각가는
모자를 두 개나 조각한 것이다. 하나는 지도자의
머리를 덮고 있었고, 다른 하나는 레닌이 손에
쥐고 있었다.

관리들은 이 불량품 동상을 서둘러 회색
천으로 덮었다.

다음 날 아침, 동상은 다시 일반에게
공개되었다. 밤새 필요 없는 모자 하나를
없애고서……

애기가 다시 옆길로 새버렸다.

이 부분을 읽을 때마다 나는 레닌이 택시를 타고 가려고 했던 곳이 어디였을지 궁금해진다. 미래라고?

정지돈과 나는 가끔 미래에 대해 이야기한다. 최근에 그는 내게 『우리는 미래에 조금 먼저 도착했습니다』라는 책과 로베르토 볼라뇨를 다룬 〈Roberto Bolaño: La Batalla Futura〉(Future Battle)라는 다큐멘터리를 소개하기도 했다.

우리가 함께 쓴 『문학의 기쁨』은 이렇게 끝이 난다.

우리는 왜인지 모르겠는데 어느 날부터 글을 읽고 쓰는 게 너무 좋았고 그래서 여기까지 오게 되었다. 그런데 우리는 더 이상 갈 곳이 없는 것처럼 느껴진다. 금정연은 메일에서 우리는 어디로 가나요라고 물었다. 나는 to the future라고 답했고 금정연은 다시 we are the future라고 답했다. 그렇다. 미래가 예전 같지 않다.

Death Cab for Cutie

딱 한 번, 택시를 타고 가다 교통사고가 난 적이 있다. 김재욱이랑 홍대를 향하던 중이었다. 그때 나는 알라딘에서 인문 분야 MD로 일했다. 김재욱은 나와 같이 입사한 문학 분야 MD였다. 그리고 중학교 3학년 때부터 나와 가장 친한 친구이기도 하다.

우리는 나우누리에서 만났다. '나 너 그리고 우리'라는 뜻을 가진 PC통신 서비스. 정확히 말하면, 우리는 나우누리의 5대 공개 게시판 중 하나인 '횡설수설(go say)' 게시판에서……

내 나우누리 아이디는 career였다. 하이텔에서 같은 아이디를 쓰는 사람의 글을 좋아해서 따라 지었다. 하이텔 아이디는 kum2580…… 그때나 지금이나 나는 이름 짓는 데는 젬병이다. 제목도 마찬가지다. 그래서 내 커리어가 이 모양인 걸까? 나는 예전부터 이미 있는 것을 가져다 쓰기를 좋아했다. 늘 그게 더 재미있다. 어차피 모든 것은 이미 있는 것이다. 영원의 관점으로 응시하면, 누가 먼저 썼느냐는 그다지 중요하지 않다. 우리 모두는 넓디넓은 우주의 무수한 별들 속 한 점에 불과한 존재들이다……

김재욱은 gokjw라는 아이디를 썼다. GO, Kim

Jay-Wook의 약자다. 가라, 재욱아, 가라…… 본인도 민망했는지 고등학생이 되자 김재욱은 아이디를 도시에로 바꾸었다. in the city가 아니라 dossier. 관계 서류, 서류철을 가리키는 불어라고 했는데, 어쩌면 이중적인 의미를 노린 언어유희일 수도 있다. 영화 잡지 「키노」에 같은 이름의 코너가 있었다.

이 모든 것이 20년도 더 지난 일이라는 사실을 감안할 필요가 있다……

신촌로터리를 지나 산울림소극장 쪽으로 좌회전하려고 차선을 변경하는데, 쿵 소리와 함께 몸이 흔들렸다. 우리가 탄 택시가 앞에 서 있던 택시를 박은 것이었다. 교통사고는 그때가 처음이었다. 정말 가벼운 접촉사고였는데도 어안이 벙벙했다. 그런데 김재욱이 이상했다. 눈을 감고 신음을 흘리며 머리를 감싸고 있었다. 나는 깜짝 놀랐다. 순간 충돌 직전의 상황이 떠올랐다. 우리는 대화를 하고 있었다. 김재욱은 상체를 내 쪽으로 돌려 무언가를 신나서 말하고 있었고, 나는 시트에 몸을 기댄 채 고개만 돌려 김재욱을 바라보며 그의 이야기를 듣고 있었다. 그리고 쾅! 내 몸은 약간 흔들렸을 뿐이다. 하지만 김재욱은 운전석에 머리를 부딪혔다. 아주 살짝……

"괜찮아요?" 택시 기사 아저씨가 어색하게 웃으며 물었다.

"괜찮아?" 내가 물었다.

"어…… 모르겠어……" 김재욱이 말했다. 여전히 눈은 감은 채였다. 고뇌에 잠긴 것 같은 표정이었다.

택시 기사가 앞차 기사와 이야기를 나누는 동안 김재욱이 눈을 떴다.

"머리가 울리는 것 같아. 아무래도 병원에 가서 검사를 받아봐야 할 것 같아." 김재욱이 말했다.

"그래? 교통사고는 바로 모른다고 하더라." 내가 말했다. "근데 이 정도는 괜찮지 않을까?"

김재욱은 대꾸하지 않고 다시 눈을 감았다. 여전히 손으로 머리를 부여잡고 있는 그는 세상의 모든 고통과 번뇌를 짊어진 것 같았다……

지금 생각하면, 나는 그렇게 말하지 말았어야 했다. 가장 친한 친구가 고통을 호소하며 혹시 모를 교통사고 후유증을 걱정하는데 나는 같이 병원을 가지는 못할망정 대수롭지 않게 여겼다. 친구 맞나? 사이코패스 아닌가? 인생의 모든 비극은 지금 아는 걸 그때는 모른다는 점에 있다. 그때 알던 것을 지금은 모르기도 하고……

얼마 후 김재욱은 다시 눈을 떴다. 이제 좀 괜찮아지는 것 같다고, 하지만 아직 확신할 순 없다고 말했다. 그리고 교통사고는 바로 알 수 없는 거라는 말을 전에도 들어본 적이 있다고 강조했다. 나는 그렇게 말하는 걸 보니 이제 정말 괜찮은 것 같다고 생각했다. 그때도 우리는 10년을 넘게 만난 친구였다. 2년 동안 매일 같이 일한 직장 동료였다. 말하자면, 나는 김재욱을 알 만큼 안다고 생각했다. 나보다 훨씬 예민한 친구. 사소한 일엔 소심하고 큰일엔 대범한 친구. 건강염려증 같은 경미한 불안증을 가진 친구. 세상에서 가장 조용히 웃기는 친구. 나랑 많은 면에서 비슷하지만 결정적인 면에서는 아주 다른 친구…… 내겐 그때 그의 모든 것이 예민하고 건강을 염려하며 약간은 소심한 전형적인 김재욱의 모습으로 보였다. 한편으로는 김재욱 스스로 김재욱을 연기하는 것 같아서 조금 웃기기도 했다. 우디 앨런 영화의 등장인물이 웃겼던 것처럼……

택시는 홍대 정문 앞에 우리를 내려줬다. 지금은 사라진 퍼플레코드 앞에서 우리는 조금 다퉜다.

"택시비 냈어?" 김재욱이 말했다.

"응." 내가 말했다.

"전화번호는 받았어?"

"아니."

"나중에라도 이상이 생기면 어떡하려고?"

나는 그럼 네가 받지 그랬느냐고 말하지 않았
다……

한동안 우리는 서먹하게 걸었다. 그리고 노래방
에 갔다. 애당초 6시가 되자마자 서둘러 택시를 타고
홍대를 향한 목적이 그거였으니까.

우리는 늘 그랬듯 우리가 좋아하는 노래들(주
로 팝송이었다)과 남들 앞에서는 절대로 부를 수 없
는 노래들(역시 팝송이었다)을 부르면서 즐거워했
다. 이를테면 Death Cab For Cutie(귀염둥이를 위한
죽음의 택시)의 'I Will Follow You Into The Dark'
같은 노래를. 두 시간도 넘게……

내 사랑

언젠가 너도 죽겠지

하지만 내가 네 곁에 있을 거야

어둠 끝까지 너를 따라갈 거야

만약 천국과 지옥 모두 새로운 손님을 받지
않는다면

간판에 빈방 없음 표시가 반짝인다면

너의 영혼이 긴 강을 건널 때 그 곁에 아무도
없다면
그때도 내가 어둠 끝까지 너를 따라갈
거야……

a long way home

아버지를 따라 안동에 갔다. 안동은 아버지의 고향이다. 마을 앞 넓은 강이 기억난다. 금빛 햇살이 잘게 부서지며 반짝반짝 빛났다. 그 모양을 바라보던 아버지가 내게 말했다.

"여기에 가오리도 살고 상어도 산다."

처음부터 그 말을 믿은 건 아니었다. 코흘리개 시절부터 나는 이미 아버지라는 사람을 대충 파악하고 있었다. 지금도 외갓집에 전설처럼 내려오는 이야기가 있다. 설날에 큰외숙모가 내게 물었다. "너희 아버지는 뭐 하기에 안 오시냐?" "집에서 무위도식하고 계시는데요." 여덟 살의 내가 대답했다……

아직 만화가로 활발히 활동하던 아버지가 진지한 눈빛으로 거듭 말했다.

"진짜야. 아빠 어렸을 때 수영하다가 동네 형들이 상어한테 잡아먹히고 그랬다니까."

말해두자면, 그때 나는 네다섯 살쯤이었다. 내 인생 최초의 기억들 중 하나다.

이듬해 아버지와 나는 다시 안동에 갔다. 친척 어른들도 여럿이었다. 문제의 강 앞에서, 나는 아버지에게 물었다.

"아빠, 여기 상어랑 가오리랑 살지?"

"그게 무슨 말이냐?" 당황한 아버지가 내게 되물었다.

"아빠가 그랬잖아. 어렸을 때 수영하다가 동네 형들이 상어한테 잡아먹혔다고."

얼굴이 새빨개져서 어디서 헛소리를 하느냐며 방방 뛰던 아버지의 모습이 아직도 생생하다. 그런 우리를 바라보던 친척 어른들의 묘한 눈빛도……

그날 이후 아버지는 두 번 다시 나를 안동에 데려가지 않았다. 공정하게 말하자면, 그럴 기회가 없었다. 몇 년 후 아버지가 집을 나갔기 때문이다……

30년 만에 안동에 갔다. 톨게이트를 지나자 곳곳에 '한국 정신문화의 수도 안동'이라고 적힌 표지판들이 눈에 띄었다. 나는 그게 옛날부터 전해져온 별칭 같은 건 줄 알았다. 아니었다. 인터넷에서 이런 기사를 찾았다. "안동시는 2006년 7월 4일 '한국 정신문화의 수도 안동'이라는 브랜드를 특허청에 등록하고, 이를 선포했다……"

버스에서 내려 택시를 타고 경북도립안동도서관으로 향했다. 기본요금은 2800원. 택시 기사는 가는 내내 한 마디도 하지 않았다. 그게 좋았다.

나는 안동도서관에서 '오늘의 책, 내일의 서점'

이라는 주제로 강연을 하기로 했다. 책과 서점에 대해 말하는 것은 언제나 나를 곤란하게 한다. 오늘과 내일에 대해서라면 더더욱……

강연은 여섯 시에 시작해 열 시에 끝날 예정이었다. 서울로 올라가는 막차도 열 시. 안동에서 하룻밤을 자야 한다는 소리였다. 그리고 새벽에 일어나 도서관에서 마련한 대형 버스를 타고 안동의 독자들과 함께 서울로 올라와 홍대 부근의 서점들을 탐방한다. 깃발을 들고 휴대용 마이크로 사람들을 인솔하면서…… 오늘의 강연자, 내일의 가이드라고 할까. 시나리오 합숙장에서 빠져나오기 위해 너무 많은 일을 벌였다는 후회가 밀려왔다……

도서관에서는 PPT를 사용할 거냐고 물었다. 나는 아니라고 했다. 조금 놀란 눈치였다. 네 시간 동안 PPT도 없이 떠들겠다고? 그러나 나는 파워포인트를 다룰 줄 모른다. 컴퓨터에 프로그램도 깔려 있지 않다. 내가 쓸 줄 아는 거라고는 워드프로세서뿐이다.

강연 내용에 대해서는 말하고 싶지 않다. 나는 즉흥 강연을 선호하는 편이다. 즉흥 강연은 즉흥 연기의 일종으로, 독립적인 하나의 분야다. 비록 사람들은 그렇게 생각하지 않는 것 같지만…… 즉흥 강연의 최대 단점은 강연이 끝난 후에 죽고 싶은 마음이 든다는 점이다. 하지만 무슨 말을 했는지 기억이 나지 않기 때문에 죽기도 좀 애매하다……

강연을 예정보다 일찍 마치고 막차를 탔다. 도서관에서 편의를 봐준 덕이었다. 어쩌면 한국 정신문화의 수도에서 일박을 허락하기에는 내가 조금 부족했는지도……

나는 터미널에서 버스에 탔다. 출발 시각을 5분 앞두고 표 검사를 시작했다. 내 표를 본 남자가 말했다. "내리세요."

"네?" 내가 되물었다.

"내리라고요." 남자가 내게 표를 돌려줬다.

"왜요?"

"내려요. 가다가 울기 싫으면."

나는 영문도 모른 채 가방을 챙겨서 내렸다. 황당하고 분했다. 이유는 간단했다. 나는 서울행 티켓을 들고 동대구행 버스에 타고 있었다. 하지만 이유를 알고 난 뒤에도 분은 좀처럼 풀리지 않았다. 나 자신에 대한 분노였다……

늦은 밤 터미널 앞 택시 정류장은 택시를 기다리는 사람들로 가득했다. 지푸라기라도 잡는 심정으로 나는 카카오택시를 호출했다.

출발지: 강남고속터미널
도착지: 새절역 6호선

나와 아내는 카카오택시를 호출할 때 집주소를 입력하지 않는다. 우리는 신사동에 산다. 그리고 서울에는 세 개의 신사동이 있다. 부자 신사, 가난한 신사, 어중간한 신사……

은평구 신사동은 택시 기사들이 기피하는 곳이다. 택시 회사가 세 개나 있는 데도 그렇다. 승차 거부를 당하기도 하고, 집까지 오는 내내 볼멘소리를 듣기도 한다.

"입장 바꿔 생각해봐요. 방금도 거기 들어갔다 빈 차로 나왔는데, 손님 같으면 기분이 좋겠어요?"

처음 카카오택시가 나왔을 때 우리 부부는 환호했다. 서지 않는 택시를 향해 부질없이 손을 흔들 필요도 없고, 택시 기사에게 싫은 소리를 들을 필요도 없다. 의외로 응답도 빨랐다. 우리 동네에 오겠다는 택시가 이렇게 많을 줄은 미처 몰랐다.

가끔 출발과 동시에 차 안 공기가 미묘하게 달라지기도 했다. 나는 은평구가 택시 기사들에게 가슴 아픈 첫사랑이나 찢어지게 가난하던 시절을 떠올리게 하는 건지도 모르겠다고 생각했다. 평소에는 은평구를 떠올리는 것조차 싫어하지만, 막상 은평구라는 목적지를 보면 자기도 모르게 콜을 받고 마는 것이다. 누구에게나 제 상처를 핥는 개 같은 구석이 있게 마련이니까……

하루는 동물병원 앞에서 카카오택시를 불렀다. 한 대가 응답했다. 하지만 택시는 좀처럼 나를 찾지 못했다. 통화를 몇 번 한 후에야 거우 택시가 나타났다. 내가 타자마자 택시는 유턴을 했다.

"왜 여기 서 계셨어요?" 기사가 물었다.

나는 당황했다. 왜라니? 그런 질문을 받을 거라고는 상상도 못했다. 그때 내비게이션이 안내를 시작했다. 그러자 기사가 한껏 실망한 목소리로 중얼거렸다.

"아…… 강남 신사가 아니라 은평 신사……"

그런 그를 바라보며 나는 죄책감을 느꼈다……

택시 기사가 보는 카카오택시 화면에는 구가 생략된 채 동과 번지와 건물 이름만 나온다는 사실을 그때 알았다. 그리고 은평구 신사동을 강남구 신사동으로 착각하는 기사는 많아도 관악구 신사동으로 착각하는 기사는 아무도 없다는 것도……

아내에게도 비슷한 경험이 있었다. 몇 번이나. 그 후로 나와 아내는 카카오택시를 부를 때면 꼭 새절역이라고 입력한다. 그러자 택시를 호출하기가 어려워졌다. 아무도 응답하지 않을 때가 더 많았다. 그래서 나는 부질없이 카카오택시를 기다리기보다는 길에서 빈 택시를 잡는 편을 선호한다. 물론 약간의 위험은 감수해야 한다……

카카오택시를 호출하고 3분도 되기 전에 한 대가 응답했다. 설마, 이렇게 많은 사람이 차를 못 잡고 있는데? 잠시 후 택시 기사에게서 전화가 걸려왔다. 나는 잘못 눌렀으니 취소해달라고 말하려는 줄 알았다. 아니었다. 기사는 목적지를 확인하더니 바로 앞이니까 조금만 기다리라고 말했다.

저 멀리 예약등을 켠 택시가 다가왔다.

짐을 챙겨 걸어가려는데, 정장을 입은 젊은 남자 세 명이 차도로 튀어나와 택시를 세웠다. 술에 취한 것 같았다. 나는 걸음을 멈췄다. 나는 언제나 가야 할 때와 가지 말아야 할 때를 구분할 줄 알았다.

남자들이 택시에 탔다. 택시 기사는 실내등을 켰다. 기사와 남자들은 이야기를 나누었다. 택시는 출발하지 않았다. 나는 기다렸다. 기다렸다. 기다렸다. 그리고 더……

마침내 나는 천천히 걸음을 옮겼다. 이제 난자

들과 기사는 말다툼을 하는 것 같았다. 내가 택시 앞에 도착하자 때마침 남자들이 투덜대면서 내렸다. 한 명은 내게 어깨를 부딪치기까지 했다. 나는 참았다. 나는 늘 참는다……

"예약 맞아요? 새절역 맞아요?" 뒷좌석에 앉는 내게 기사가 물었다.

내가 맞다고 하자 택시 기사가 갑자기 차문을 벌컥 열고 뛰쳐나갔다. 그리고 멀어지는 남자들의 뒤통수를 향해 소리쳤다.

"야 이놈들아! 여기 예약 손님이 왔는데 어디서 거짓말이야! 사람들이 어떻게 그러냐!"

나는 조금 흥미진진한 기분이 되었다.

자초지종은 이랬다.

예약한 손님이세요? 남자들에게 기사가 물었다. 맞아요. 이거 8954 아니에요? 남자들이 대답했다. 택시는 8954가 맞았다. 기사는 새절역으로 출발하겠다고 했다. 남자들은 장소가 바뀌었다고 중앙대병원으로 가달라고 했다.

"그래서 내가 새절역이라고 해서 왔는데 약속을 안 지키면 어떡하냐고, 중앙대병원 갈 거면 내려서 새로 약속을 하라고 했죠. 그랬더니 내리지는 않고 너무하다는 거야, 이 자식들이."

솔직히 말하면 나는 그 짧은 순간에 차 번호를 외운 남자들의 순발력에 감탄했다. 역시 젊은 게 좋나. 택시 기사는 계속해서 울분을 토했다.

"우리도 밤에 술 취한 손님들 보면 무서워요. 괜히 태웠다 시비 붙고 험한 일 당하면 어떡해. 한번은 경기도 가까운 곳에 가자며 남자 셋이 탔는데, 머리는 깍두기에 팔뚝이 이만씩 해. 남양주까지 갔더니 거기서 목적지가 바뀌었다고 청평까지 가자는 거예요. 어떡해, 거기까지 갔는데 돈은 받아야지. 울며 겨자 먹기로 청평까지 들어는 갔는데, 알려주는 대로 가다 보니까 갑자기 가로등도 없고 길도 포장 안 된 데로 들어가는 거야. 그때부터 쫄렸지. 인적 없고 어두운 데서 내려서 갑자기 돈을 못 내겠다고 하면 어쩔 거야? 세 명이 칼을 들이대면서 돈 내놓으라고 하면? 그렇다고 내리라고 할 수는 없으니 네, 네 비위 맞춰가면서 아무렇지 않은 것처럼 2킬로 정도를 더 들어갔어요. 그랬더니 고물상이 나오데. 다행히 돈도 받고 문제없이 그냥 내려줬지만, 알지도 못하는 시골길을 어떻게 또 돌아 나오냐고요."

나는 한국 정신문화의 수도에서 세 시간 넘게 혼자 떠들다 장거리 버스를 타고 이제 막 서울에 도착한 참이었다. 나는 네, 네 대답하며 젊은 남자들을

떠올렸다. 이제라도 그들에게 택시를 양보하고 싶었
다……

집으로 오는 내내 택시 기사는 끊임없이 떠들
었다. 취객에게 횡포를 당해 손가락이 부러진 이야
기부터 택시 기사의 사회적 인식과 청년 실업에 대
한 이야기까지. 나는 '알쓸신잡' 지옥에 갇힌 기분이
었다. 급기야 한반도가 놓인 지정학적 위험을 논하
던 기사는 미래의 생존 전략에 대해 일장연설을 늘
어놓기 시작했다.

"젊은 사람들이 인도나 파키스탄 현지로 나가
서 공장을 세워야 해. 인건비 싸지, 자재 많지. 안 그
러면 중국을 이길 수가 없어. 지금 그걸 하는 게 유
대인들이에요. 우리도 해야지. 중국을 이겨 먹어야
지. 손님도 아직 젊으니까 인도로 가세요! 세계로 나
가세요!"

어느덧 택시는 집에 도착했다. 카드로 결제를
하는데, 조금 전까지와는 사뭇 다른 목소리로 택시
기사가 물었다.

"택시들이 이쪽 잘 안 오려고 하죠?"

"네." 내가 답했다.

"그런데 내가 왜 콜을 받았는지 알아요?"

나는 모르겠다고 했다. 그러자 택시 기사가 말했다.

"우리 집이 북가좌동이거든. 수색, 증산 이쪽으로 가는 손님을 받으면 괜히 반가워요. 나도 집에 가는 것 같고, 빨리 집에 가고 싶어지고. 그래서 이쪽은 무조건 받아요."

나는 감사하다고, 조심해서 들어가시라고 말했다. 다음에 또 만나요……

엘리베이터를 타고 집으로 올라가며 나는 거의 쓰러질 뻔했다. 지나치게도 긴 하루였다. 시간은 어느덧 새벽 두 시. 번호키를 누르려는데 다다다다, 바닥을 달리는 소리와 함께 아내가 반갑게 문을 열어주었다.

기사 말이 맞았다.

역시 집이 최고다……

택시의 50가지 그림자

건너편에서 손님을 내려준 택시가 유턴하더니 내 앞에 섰다.

"안녕하세요." 기사가 밝게 인사했다. "어디로 모실까요?"

"새절역 근처로 가주세요." 내가 말했다.

"새절역…… 근처요?" 기사의 목소리가 미묘하게 차가워졌다.

"저기, 그러니까 새절역 근처에 혹시 ○○아파트라고 아세요?"

"하! 전혀!"

목적지를 말하면 반응이 달라지는 경우가 종종 있다. 그래도 이런 경우는 처음이었다. 나는 당황했지만 지지 않고 대꾸했다.

"제가 가면서 말씀드릴게요……"

택시 기사는 혼잣말처럼, 그러나 진짜 혼잣말은 아닌 것처럼 중얼거렸다. "씨발, 기본요금 나왔는데 5만 원짜리를 주고 있어."

그건 지난 손님에 대한 불평이었을까, 아니면 나를 향한 일종의 우회적인 공격? 아무튼 택시는 출발했고 나는 안도의 한숨을 내쉬었다. 예전에는 내려서 다른 택시 타라고 말하는 기사도 적지 않았다. 세상은 조금씩이나마 나아지고 있었다……

얼마 지나지 않아 기사에게 카카오택시 콜이 떴다. 목적지는 수원이었다.

"쌍, 좀만 더 기다릴걸." 기사가 말했다.

나는 아무 말도 하지 않았다.

"이게 하루에 한 번 있는 카카오택시 찬스를 쓴 거예요. 카카오택시 찬스가 뭔지 알아요?"

기사가 나를 돌아보며 물었다.

"모르겠는데요."

"내가 선호하는 지역을 지정하는 거야. 그럼 근처에서 그쪽을 가고 싶은 손님이 오면 일단 나한테 먼저 알림이 와. 다른 사람보다 먼저. 기회는 하루에 딱 한 번이야. 받거나 안 받거나, 한 번 지나면 기회가 사라져. 알겠어요? 사라진다고."

이번에는 나도 참을 수가 없었다.

"기사님, 제가 죄송합니다. 정말 죄송합니다. 저희 집 쪽으로는 다들 안 가시려고 해서 카카오택시도 못 부르고요, 앞에 서시기에 제가 그냥 타버렸습니다……"

기사는 대꾸도 하지 않았다. 빵빵빵 신경질적으로 클랙션을 울리며 차들 사이사이를 난폭하게 운전할 뿐이었다. 이 지긋지긋한 삶에서 한시라도 빨리 벗어나고 싶다는 듯이……

택시는 강변북로를 탔다. 라디오에서 뉴스가 나오고 있었다. 사드 배치에 대한 보복으로 중국 정부가 중국인들의 한국 관광을 금지했고, 롯데마트는 영업을 중지했다는 내용이었다. 기사는 이번에도 혼잣말처럼, 그러나 진짜 혼잣말은 아닌 것처럼 박근혜 정부와 나라 욕을 하기 시작했다. 씨발, 싹 다 죽어버려, 이래서 한국 놈들은 안 돼…… 그건 정말 사회에 대한 불만이었을까, 아니면 나에 대한 일종의 비유적인 공격? 이쩌면 내가 책상 앞에 너무 오래 앉아 있었기 때문인지도 모른다. 글 쓰는 사람은 늘 두 가지 질환에 시달린다. 하나. 복부비만. 둘. 자아비대증. 세상만사가 나에 대한 것이라고 착각하는……

이런저런 생각을 하다가 깜빡 졸았다. 그것이 내가 스트레스에 대처하는 방식이다. 단순한 구조로 이루어진 생물들이 그렇게 하는 것처럼, 외부의 자극이 임계량을 넘어가면 나는 스르륵 잠들고 만다. 이 꼴 저 꼴 다 보기 싫을 때는 자는 게 최고다.

어느 순간 나는 깜짝 놀라며 잠에서 깼다. 차가 급정거를 했다. 잘못된 분기점으로 들어가려다 급히 세운 것이었다. 두 개 차선의 가운데에…… 차들이 클랙션을 울리며 지나갔다. 기사는 아무 말 없이 후진하더니 다시 강변북로를 달리기 시작했다.

이제는 잠도 오지 않았다……

마침내 택시는 아파트에 도착했다. 나는 카드

로 결제하겠다고 말하고 카드를 찍었다. 내 생각에, 이것이야말로 세상이 조금씩이나마 나아지고 있다는 확실한 증거다. 예전에는 카드 단말기 없는 택시가 부지기수였다. 카드로 결제하겠다고 하면 싫어하는 기사도 많았다. 나는 택시 탈 때를 대비해 늘 만 원짜리 한 장을 지갑 깊숙한 곳에 가지고 다녔다. 물론 그것도 돈이 있을 때 말이지만⋯⋯

　카드가 정상 처리되었다는 메시지가 떴다. 휴대폰으로 카드 사용 알림도 왔다. 나는 뒤도 돌아보지 않고 내렸다. 살았다! 그런데 그때 클랙슨이 울렸다. 돌아보니, 영수증이 나와야 하는데 안 나왔다고 다시 결제하라고 했다. 하지만 이번에도 영수증은 나오지 않았다. 기사는 짜증을 내며 카드 단말기를 재부팅했다. 나는 문자를 보여주며 이미 결제가 된 것 같다고 말했지만 내 말은 들리지도 않는 것 같았다. 영수증이 나와야 된다는 말을 반복하며 계속해서 단말기를 재부팅할 뿐이었다.

　"방금 티머니택시 결제 문자 받았는데 확인 좀 부탁드리려고요." 나는 카드 회사 상담원에게 전화를 했다.

　"네, 만 3200원 정상 결제되셨습니다." 상담원이 대답했다.

"결제됐다는데요?" 기사에게 말하자, 기사는 내 손에서 휴대폰을 낚아채더니 고래고래 소리를 지르기 시작했다.

"아니, 되긴 뭐가 돼! 영수증이 나와야 되는데, 안 나온다고! 영수증이!!"

아직 〈김생민의 영수증〉이 화제를 모으기 전의 일이다……

통화가 어떻게 끝났는지는 모르겠다. 한동안 소리를 질러대던 기사가 내게 휴대폰을 돌려주었을 때는 이미 통화가 끊어진 후였다. 결국 10분 넘게 결제를 시도하던 택시 기사는 알아들을 수 없는 말을 중얼거리며 나에게 카드를 던지듯 건네고는 제 갈 길을 갔다.

나는 멀어지는 택시를 바라보며 이제 택시를 끊을 때가 된 건 아닌지 심각하게 고민했다……

우리는 과잉 소통 시대를 살고 있다. 많은 경우 굳이 할 필요가 없는 말을 할 때 문제가 발생한다.

한번은 토요일 새벽 합정에서 택시를 탔다. 함께 술을 마신 커플이 나를 중간에 내려주고 가기로 했다. 나는 약간 긴장했다. 싫은 소리 듣기 너무 쉬운 경로였기 때문이다.

"새절역 근처 ○○아파트 들렀다가 연신내로 가주세요." 내가 말했다.

"휴~ 세상에서 제일 어려운 코스네." 택시 기사가 말했다. "근데 여기서 나는 게 술 냄새예요? 연신내 가서 불면 내가 나오겠네."

이것은 할 필요가 없는 말이지만 불쾌하지 않고 웃겼던 드문 경우다……

연말

연말에는 택시 잡기가 늘 힘들다. 그것만으로도 내가 연말을 싫어할 이유는 충분하다.

나는 오래전부터 지옥은 택시를 기다리는 사람들로 가득한 광화문의 겨울 새벽 같은 모습일 거라고 생각해왔다. 지옥에서는 카카오택시도 소용없다. 불러도 오지 않을뿐더러, 자칫 잘못하면 빌딩 사이로 불어오는 겨울바람에 아이폰 배터리가 사망하기도 한다. 그야말로 자살 행위다.

재작년의 일이다. 나는 동인문학상 시상식장에 갔다가 술을 마셨다. 술을 마셨다. 그리고 또 술을 마셨다……

술에 취하지 않고서 작가들과 시간을 보내기란 거의 불가능하다. 작가들이야 취하건 말건 그건 자기들이 알아서 할 문제다. 하지만 나는 취해야 한다……

어느덧 새벽 한 시가 되었다. 나는 비틀거리면서 자리에서 일어났다. 동인문학상 수상 작가 김중혁이 내게 물었다. "왜, 벌써 가려고요?"

"내일 김장하는 날이라서요." 내가 대답했다.

30분 정도 기다리면 택시가 잡히겠거니 생각했다. 언제나처럼 내가 틀렸다. 밖으로 나오자 나만큼이나 잘못 생각한 사람 수백 명이 택시를 기다리고 있었다. 빈 택시는 한 대도 보이지 않았다. 나는 카카오택시를 호출했다. 빙글빙글 레이더가 돌아가기 시작했다. 2분 거리에 있는 택시를 호출하고 있습니다. 5분 거리에 있는 택시를 호출하고 있습니다. 8분 거리에 있는 택시를 호출하고 있습니다…… 그러는 동안 아이폰 배터리는 40퍼센트에서 20퍼센트로, 다시 8퍼센트로 뚝뚝 떨어지더니 이윽고 꺼져버렸다. 망할 팀 쿡!

패닉에 빠진 나는 팔을 허우적대며 주변을 배회했다. 이래서야 날이 새겠다는 생각이 들었다. 나는 걷기 시작했다. 광화문광장으로. 경복궁으로. 통인시장으로…… 어딜 가도 택시를 기다리는 사람들이 있었다. 나는 거의 울 뻔했다. 겨울밤 술에 취해 눈물을 흘리며 손에는 꺼져버린 휴대폰을 꼭 쥔 채 자하문로를 걷는 아저씨라니. 생각만 해도 토할 것 같다.

나는 쉬지 않고 걸었다. 주한 브루나이 대사관까지도, 아니 필요하다면 자하문터널까지도 걸을 기세였다. 이제 와 하는 말이지만 애당초 나는 그쪽으로 걸어가서는 안 됐다.

다행히 청운초등학교 근처에서 손님을 내려주는 택시를 잡아 탈 수 있었다. 그리하여 집에 도착한 것은 새벽 세 시. 잠든 아내의 얼굴을 보며 나는 다시 한 번 눈물을 참아야 했다……

인간은 실수를 통해서 배운다고 하던가? 꼭 그렇지만도 않다. 그 후로도 나는 비슷한 일을 반복해서 겪었다. 아마 올해도 그럴 것이다. 그렇지만 여기에도 교훈은 있다.

어떤 밤들이 있다. 핸드폰도, 집에 갈 방법도 없이 겨울바람을 맞으며 잘못된 쪽으로 걸어가던 밤들이. 가끔 내 인생이 그런 밤들과 비슷하다고 느껴지는 순간들이 있다. 실은 자주. 그럴 때는 가장 어두운 순간에 멀리서 다가오던 택시의 붉빛을 기억해야 한다. 하면 된다! 안 되면 되게 하라! 그런 말을 하려는 게 아니다. 그건 자신감이나 의지 같은 것들과는 상관이 없다. 낙관이라는 단어도 어울리지 않기는 마찬가지다. 그러니까 그건⋯⋯ 그냥 빈 택시라고 해두자.

어쩌면 나는 그것을 확인하기 위해 연말마다 같은 실수를 반복하고 있는지 모른다. 내가 어디를 향해 가는지 모를 때에도 어디선가 택시는 불을 밝힌 채 오가고 있다. 그것이 꼭 나를 향한 것은 아니더라도, 언젠가 나는 그중에 한 대를 만날 것이다. 그런 생각은 나에게 도움이 된다. 그러니 내가 연말을 싫어한다고 했던 말은 취소해야겠다.

물론 나는 여전히 연말을 싫어한다. 하지만 1년 중에 그맘때를 특별히 더 싫어하는 건 아니다.

기사식당

꿀벌 이야기에 꿀이 빠질 수 없는 것처럼 사람 이야기에선 돈이 빠질 수 없는 노릇이다. 커트 보네거트가 말했다. 마찬가지로, 택시 이야기에서 기사식당이 빠질 수 없다.

한때 나는 기사식당에 자주 갔었다. 독립해서 역촌동에 살던 시절, 주변엔 기사식당이 많았다. 3천 원짜리 짜장면집부터, 한국에 존재하는 거의 모든 음식을 취급하는 5천 원짜리 백반집, 그리고 6천 원 짜리 한식 부페까지……

불고기백반으로 유명한 연남동 기사식당에도 가봤다. 어디를 가건 내 생각은 변하지 않았다. 굳이 기사식당을 찾아갈 필요는 없다. 당신이 택시 기사 거나 집 주변에 달리 갈 만한 식당이 없는 경우를 제 외한다면……

아내가 새벽에 나를 깨웠다.

"아무래도 응급실에 가야겠어."

아내는 밤새 토했다고 했다. 나는 자고 있었다. 이렇게 쓰고 보니 형편없는 남편인 것 같다. 사정은 이렇다. 그날 우리는 각자 다른 곳에서 술을 마시고 늦게 돌아왔다. 아내는 새로 옮긴 회사 근처에서 입 사를 축하하며, 나는 충무로에서 아저씨들과 시나리 오의 무궁한 발전을 기원하며…… 나는 깊이 잠들었 고, 아내는 얼마 후 일어났다. 그러고는……

아무래두 나는 형편없는 남편이 맞다……

나는 가까운 응급실을 검색한 후 카카오택시를 불렀다. 그때만큼 카카오택시가 고마웠던 적이 없다. 서부병원으로. 하지만 인터넷으로 검색한 정보와 달리, 새벽에는 응급실을 운영하지 않는다고 했다. 나는 분통이 터졌다. 그럴 거면 응급실이 왜 있지? 나는 동신병원에 전화를 걸어 응급실을 운영하느냐고 물었다. 운영한다고 했다. 우리는 다시 택시를 탔다.

　동신병원 맞은편에 이르자 택시 기사는 우리에게 내려서 횡단보도를 건너가라고 말했다. 우리는 내렸다. 파란불로 바뀌기를 기다리는데, 우리를 내려준 택시가 유턴을 하더니 동신병원 정문 앞을 유유히 지나가는 모습이 보였다……

　응급실에서 링거를 맞았는데도 좀처럼 진정이 되지 않아 아내는 내시경 검사를 받기로 했다. 내시경은 9시 이후에나 가능하다고 했다. 실제로는 11시가 다 돼서야 할 수 있었다. 아내는 응급실 침대에 누워 좀처럼 잠들지도 못하고 괴로워했다.

　검사는 12시가 넘어서야 끝이 났다. 검사 결과 별다른 이상은 없었고, 이제 아내의 속도 많이 진정된 상황이었다. 다행이다. 우리는 병원을 나섰다. 나는 아내를 병원 뒤쪽으로 데려갔다. 그곳에는 홍제

천으로 흐르는 인공폭포가 있었다. 제법 그럴듯했다. 우리는 한동안 인공폭포를 바라보다 택시를 탔다.

새절역을 지나는데 택시 기사가 물었다.

"근처에 기사식당 없어요? 점심시간이라."

그 말을 듣자 나는 갑자기 배가 고팠다. 나는 아내를 보았다. 말하지 않아도 아내 역시 배가 고프다는 것을 알 수 있었다. 나는 근처에 있는 식당들의 이름을 떠올리며 생각했다.

점심은 또 뭘 먹지……

그런 밤도 있었다

내 택시 친구

이상우는 택시만 타면 토할 거 같다고 한다.

정지돈은 택시 기사가 돌아가는지 감시한다.

홍상희는 택시를 타지 않는다.

황예인은 택시 기사의 애정을 독차지한다. 서울 대니까……

오한기도 택시를 타지 않는다. 대신 가끔 뒤로 걷는다.

아내는 짧은 거리를 택시로 이동하기를 좋아한다. 단거리가 꿀이야. 아내는 말한다.

강동호가 택시에 대해 어떻게 생각하는지는 모르겠다.

아내를 빼면, 일지를 쓰는 동안 나와 같이 택시를 가장 많이 탄 사람은 강동호다. 〈프로듀스101 시즌2〉에 나온 뉴이스트 소속의 아이돌과 동명이인인 강동호는 한신대 문예창작학과 교수다. 나와 같은 후장사실주의 동인이자 「문학과사회」 편집동인이기도 하다.

"엄청 부잣집에서 바르게 교육 받고 잘 자란 사람 같아." 강동호를 처음 본 날 아내는 말했다.

나는 강동호를 처음 봤을 때 이튼스쿨 출신일 거라고 생각했다. 지금도 종종 그렇게 생각한다.

"다들 그렇게 생각하지." 내가 말했다.

"근데 왜 너네랑 놀아?" 아내가 물었다.

여기서 너네란 정지돈과 이상우와 오한기와 나를 뜻한다……

나는 아니라고, 비록 교양 있는 검은 머리 외국인처럼 보이기는 해도 그렇게 넉넉한 집에서 자란 것 같지는 않다고 말했다. 아마 우리랑 비슷비슷할 거라고. 그런데 어떻게 이튼스쿨을 나왔지? 나는 갑자기 혼란스러워졌다……

"아, 그럼 에미넴 같은 사람이구나?" 아내가 말했다.

"에미넴?"

"백인인데 랩하면서 흑인들이랑 어울리고 싶어 하잖아. 그래서 오해도 받고 욕도 먹는데, 사실 흑인 동네에 살면서 집도 찢어지게 가난하고……"

아내와 나는 13년 전에 부산대 앞 비디오방에서 함께 에미넴 주연의 〈8마일〉을 봤다……

한때 강동호는 은평구에 살았다. 「문학과사회」 편집 회의를 마치고 우리는 종종 같은 택시를 탔다. 은평구는 힙합의 고장이다. 〈쇼미더머니 시즌2〉에서

'은평구 통합짱' 스윙스가 3위를 했고, 〈언프리티 랩스타 시즌2〉에서는 '은평구 윤미래' 트루디가 우승을 했다.

강동호가 랩을 하는 모습은 상상도 하기 싫다. 하지만 그는 무비스타가 될 수도 있었다. 이창동 감독, 유아인 주연의 영화 〈버닝〉에 캐스팅된 것이다.

"어떡하지? 해야 돼 말아야 돼?" 캐스팅 제의를 받은 강동호가 내게 상의했다.

"나 지금 너한테 실망한 것 같아." 나는 강동호에게 말했다. "네가 거절하면 나는 다시는 너를 보지 않을 거야."

강동호는 고심 끝에 출연을 결심했다. 아마 강동호의 아내도 나와 비슷한 말을 한 것 같다.

영화에서 유아인은 작가를 지망하는 주인공으로, 스티븐 연은 그의 지인으로 출연한다. 문학과 글쓰기에 너무 큰 환상을 갖고 있는 유아인에게 꿈 좀 깨라는 의미에서 스티븐 연이 자신이 아는 평론가를 부른다. 그가 바로 강동호다.

"저는 소설은 발로 쓰는 거라고 생각해요. 열심히 돌아다니면서…… 저는 현실을 있는 그대로 그리고 싶어요……" 유아인이 말한다.

"네, 자세가 참 진지하시네요. 하지만 현실에

너무 집착하지 말라고 충고하고 싶군요. 문학으로 현실을 바꿀 수 없는 시대니까요. 그러니까 문학의 총체성이…… 이데아가…… 메타포가……" 강동호가 말한다.

이 대사를 처음 듣고 나는 웃느라 배가 찢어지는 줄 알았다……

촬영일이 다가왔다. 그동안 강동호는 감독, 작가와 상의해 함께 대사를 고쳤다. 평론가의 자존심이었다. 그동안 유아인은 트위터에서 애호박 씨(Mr. Green Pumpkin)라는 애칭을 얻었다. 일종의 메소드 연기였을까?

강동호는 고민했다. 이런 상황에서 내가 정말 촬영을 해야 하나? 두고두고 놀림받는 건 아닐까?

나는 강동호가 출연을 취소하지 않게 하기 위해 무진 애를 썼다. 그의 영화 출연을 아낌없이 지지하고 응원했다. 필요하다면 기도도 할 수 있었다. 나는 커다란 스크린에 나오는 강동호의 모습을 보고 싶었다. 단지 그것뿐이었다.

촬영 당일은 「문학과사회」 편집 회의가 있는 날이었는데, 강동호를 위해 시간도 옮겼다.

"오늘 끝나고 맛있는 거 먹자." 근래 보기 드물게 밝은 얼굴로 강동호가 나에게 말했다.

"오늘 끝나고 촬영 가는 거 아니었어?"

"맞는데, 취소됐어. 영영."

그 순간 나는 억장이 무너지는 것 같았다……

　강동호가 등장하기 위해서는 스티븐 연이 유아인에게 평론가를 소개하는 장면을 먼저 찍어야 했다. 그러나 스티븐 연은 그 장면을 찍지 못했다. 미국에서 자란 그에게는 문학평론가니 「문학과사회」 편집동인이니 하는 말들이 입에 잘 붙지도 않았을뿐더러, 그게 뭘 뜻하는지도 이해할 수 없었던 것이다. 평론가? 그게 뭔데? Who the fuck are you? 결국 수많은 NG 끝에 이창동은 스티븐 연이 강동호를 소개하는 장면을 날려버리기로 결정했다. 강동호가 등장하는 장면까지도.

　이창동은 강동호에게 전화를 걸었다.

　"미안하게 됐어요. 혹시라도 영화 현장을 한번 체험해보고 싶으면 언제라도 놀러……"

　나는 강동호가 영화에 출연하지 않게 돼 슬프다. 하지만 그 이유가 스티븐 연 때문이라는 사실은 마음에 든다. 나는 그를 이해할 수 있다. 문학평론가니 「문학과사회」 편집동인이니 하는 게 대체 뭐냐!

그런 밤도 있었다

내가 가장 좋아하는 시인은 이승훈이다. 2학년 1학기에 현대비평입문 수업을 수강한 후로 졸업할 때까지 매 학기 선생님의 수업을 들었다. 내가 문학에 대해 알아야 할 모든 것은 이승훈에게 배웠다. 꼭 배워야 했는지는 모르겠지만······

내가 국문과를 선택한 건 엄마 때문이었다. 나는 인문학부 철학과반으로 입학했고, 원래 지망은 영문과였다. 하지만 1학년 성적이 좋지 않았다. 그런 이유로, 나는 선언했다, 철학과를 가야겠습니다.

"철학과 나와서 뭐 하려고? 철학원?" 엄마가 소리쳤다.

"아니, 장어집 할 건데?" 스무 살의 나는 지지 않고 대들었다. "상왕십리에서 장어집 하는 철학과 선배가 2호점 내준다고 했다고!"

그때 철학과를 갔어야 했을까? 하지만 나는 장어를 좋아하지 않는다. 너무 길고······ 너무 미끈미끈하다······

수업이 시작되면 선생님은 먼저 출석을 불렀다. 끝이 슬쩍 올라가는 특유의 콧소리로. 그리고 매번 똑같은 상황이 반복됐다.

"금정연~" 채 대답을 하기도 전에 선생님이 덧붙였다. "뭐, 금정연은 왔겠죠."

선생님이 맞다. 나는 늘 왔다.

〈펫시티〉는 '경기문화재단 웹진 TalkTalk'에 연재된 페이퍼 시네마의 제목이다. 페이퍼 시네마는 페이퍼 아키텍트에서 따온 말이다. 실현보다는 상상력과 아이디어를 중시하는 일종의 영화 설계도면이며, 제작 가능성이라는 실용적이고 자본주의적 요구 너머의 작업이다. 우리는 매주 돌아가며 각자 쓰고 싶은 걸 썼다.

누가 썼는지는 모르겠지만 내가 쓰지 않은 건 분명한 7화에서, 나는 택시 운전사로 등장한다. 거기엔 이승훈 선생님도 등장한다.

어두운 하늘에 금이 가고 번개가 친다.
쿠르르 쾅쾅!!
비가 내리는 도시의 야경.
텅 빈 서강대교를 질주하는 금정연의 택시,

이승훈 시인: 자네 꿈이 뭔가? 자네는 왜 택시
기사가 되었나?

택시 뒷좌석에 앉아 있는 금테 안경의 노교수 이승훈. 품에 손을 넣더니 천천히 총을 꺼내며 말한다.

이승훈 시인: 시를 써보지 않겠나?

sound effect: 탕!(권총 소리)

한때 나도 시를 썼다. 3학년 1학기 시 창작 수업에서였다. 하루는 앞에 나가서 자작시를 낭독하기도 했다. 다락방에 올라갔다가 깜박 잠이 들었는데 꿈인지 현실인지 비몽사몽 상태에서 엄마와 코스모스와 강아지 같은 다양한 이미지들이 교차되며 나타나는 모습을 바라보다가 아득히 먼 곳에서 들리는 기차의 기적 소리에 눈을 뜨는……

낭독이 끝나자 선생님은 웃으며 말했다.

"금정연은 시는 안 쓰는 게 좋겠네요~"

그리고 이렇게 덧붙였다.

"혹시 담배 있어요? 담배가 다 떨어져서~"

선생님은 「담배」라는 시를 쓰기도 했다. 내가 가장 좋아하는 이승훈의 시다.

깊은 밤 술에 취해 택시를 타면 담배 생각이
나고 난 기사 옆 자리에 앉아 기사에게 말한다
담배 한 대만 피웁시다 그러세요 어떤 기사는
허락하고 에이 좀 참으세요 어떤 기사는
참으란다 깊은 밤엔 많은 기사들이 담배를
허락하고 난 창문을 반쯤 열고 담배에 불을
붙인다 담배가 떨어져 기사에게 담배를 빌릴
때도 있다 어느 해던가? 성냥을 켜던 나를 보고
기사가 말했지 선생님 이상하네요 아니 켜기
쉬운 라이터를 두고 왜 성냥을 넣고 다니십니까?
네 성냥이 좋아서요 라이터는 무겁고 성냥은
가볍잖아요? 그런 밤도 있었다*

LA VITA É STRANA

우리는 충무로에서 복지리를 먹었다. 아내와 함
께 주례 선생님을 만났던 그 집에서였다. 충무로 아

---

* 최종 원고를 넘기고 얼마 후 선생님의 부고를 들었다. 나는
  아내와 함께 빈소에 들렀다. 하늘에서 부디 평안하시기를.

저씨들과 나는 시나리오의 완성을 축하하며 낮부터 반주를 했다. 나는 시나리오를 완성한 자리에 함께 하지 못했다. 첨단산업센터에서 마무리 작업을 하던 아저씨들은 떨어지는 가을 낙엽을 보며 4박 5일간의 합숙을 결정했고, 나는 이러저러한 일정상 도저히 참석할 수 없었던 것이다. 이러저러한 일정이 아니었더라도 참석할 수는 없었겠지만……

"금 작가는 그동안 뭐 하고 지냈는가?" 주례 선생님이 물었다.

"책 쓰고 있었어요."

"또? 무슨 책?" 54세 아저씨가 물었다.

"택시에 관한 책이요."

"금 작가가 택시에 대해서 뭘 좀 아나?" 주례 선생님이 물었다.

"택시를 타면 항상 일지를 기록하거든요. 일지를 바탕으로, 택시 타고 오가며 보고 듣고 느낀 것들이랑 그 전후에 있었던 일들을 쓴 책이에요."

"에세이네. 에세이야." 주례 선생님이 말했다.

"이 책에는 여러분도 등장해요."

"나는 자네한테 택시 이야기를 한 적이 없는데?" 주례 선생님이 말했다.

"에세이처럼 쓴 거니까, 택시를 타고 어디를 가

서 시나리오를 썼다 뭐 이런 것도 나오는 거겠지요."
54세 아저씨가 말했다. "설마 실명도 나오는 거?"

　"저는 원래 실명을 씁니다. 하지만 원하지 않으시면 안 쓸 수도 있어요."

　"부탁하네." 54세 아저씨가 말했다.

　"나는 아무 상관 없어. 나는 원래 무명이니까."
주례 선생님이 말했다.

　주례 선생님 이름은 조철현이다. 1993년 이준익 감독, 김민정 정태우 주연의 〈키드캅〉 제작실장을 시작으로 수많은 영화를 기획하고 제작하고 각본도 썼다. 〈부당거래〉에는 이준익 감독과 카메오로 출연하기도 했다. 그리고 우리가 함께 쓴 시나리오로 상업영화 데뷔를 준비하고 있다. 59세의 신인 감독인 셈이다.

　그리고 택시에 관한 이야기들이 이어졌다. 알고보니 주례 선생님은 나보다 더한 택시 마니아였다. 천안에서 서울까지 택시를 타고 온 적도 있고, 한때 매일 아침 택시를 타고 출근했다고 한다. 늦게까지 술을 마시고 늦잠을 잤기 때문이다. 파리에서 실수로 택시 기사의 재킷을 들고 내리기도 하고, 뤽 베송의 〈택시〉를 수입했으며, 급기야 〈공포택시〉라는 영화를 제작해서 엄청난 혹평을 듣기도 했다. "만들어지지 말았어야 할 영화야 그 영화는……"

54세 아저씨도 할 말이 많았다. 어린 시절 어머니가 부산에서 기사식당을 했다는 그는 세계의 택시 영화들을 늘어놓았다.

"중간중간 택시 관련 영화나 책 썰을 푸는 거야. 그럼 페이지 채우기 좋잖아. 〈시카고 캡〉도 있고 〈도쿄 택시〉도 있고 작년에 개봉한 이란 영화도 있는데 제목이 뭐더라?"

택시 기사로 취직했다 얼떨결에 노조의 선봉장이 되어 인생이 바뀐 친척 이야기부터 택시 기사의 평균 수입, 쉬지도 않고 택시를 몰다가 운전석에서 심장마비로 죽은 친구 이야기까지, 어떻게 이런 걸 다 아나 싶을 만큼 많은 이야기가 쏟아졌다.

한때 나는 그런 이야기들이 지겨웠다. 합숙 내내 아침부터 밤까지 지치지도 않고 오가는 말들에 넌덜머리가 났었다. 하지만 그날은 좋았다. 나는 기분 좋게 웃으며 그 말들을 들었다.

나는 특히 낮술에 약한 것 같다……

다음 날은 민방위 교육을 갔다. 그해의 마지막 일정이었다. 그전에 몇 번 통지서가 왔지만 매번 시나리오 합숙에 참여하느라 가지 못했다.

교육은 9시였다. 나는 8시 45분에 택시를 탔다.

9시 5분 전에 은평문화예술회관에 도착했다. 하지만 교육생들은 보이지 않았다. 피곤에 쩔고 귀찮아 죽겠다는 표정이 얼굴에 가득한 나 같은 30대 아저씨들이…… 현관은 굳게 닫혀 있었다.

　　민방위 홈페이지에서 일정을 확인하고서야 나는, 은평구에 교육 일정이 없어서 마포구 일정을 확인했었다는 사실을 떠올렸다. 마포구청에 가야 했는데 은평문화회관을 와버린 것이다.

　　나는 담배를 꺼내 물었다. 정확히는 아이코스라고 해야겠지만. 내가 궐련형 전자담배를 피우게 된 건 충무로 아저씨들 때문이다. 대학 졸업 후로 그렇게 많은 담배를 쉬지도 않고 피우는 사람들을 단체로 본 건 처음이었다. 충무로 사무실에서 시나리오 작업을 하고 나면 온몸이 담배 냄새로 쩔었다. 지하철을 타기 미안할 정도였다. 그렇다고 끊기도 조금 애매했다. 나 혼자 안 피운다고 될 문제가 아닐뿐더러, 그런다고 건강이 좋아질 것 같지도 않았다. 충무로 사무실에서 몇 시간을 보내는 것보다 혼자 담배 한 갑을 피우는 게 몸에는 더 좋다.

　　아무도 없는 골목에 서서 아이코스를 피웠다.

　　길 건너 빌라 주차장에 낯익은 차가 보였다. 하얀색 라비타. 나는 거의 기절할 뻔했다. 설마? 하지만 번호가 달랐다. 그렇다 해도, 세상에 내가 아는 라비타 말고 또 다른 라비타가 있을 거라곤 상상도 못했다.

인생이라면 이제 정말 지긋지긋하다……

What's it all about?

테리 이글턴은 『인생의 의미』라는 책의 서문을
이렇게 시작한다.

이런 제목으로 책을 쓸 만큼 무모한
사람이라면, 차라리 복잡하고 상징적인
도표들과, 삐뚤삐뚤한 글자들이 가득 찬
손편지를 쓰기로 마음먹는 게 더 낫다. '삶의
의미'란 주제는 광인이나 코미디언에게나
알맞은 것이다. 나는 광인보다는 코미디언
쪽에 가까워지기를 바란다. (…) 나는 적어도
버트란드 러셀과 택시 운전사의 이야기를
거론하지 않으면서도 삶의 의미를 다루는 매우
드문 책 한 권을 썼다고 주장할 수 있다.

버트란드 러셀과 택시 기사의 이야기를 거론하
면서 삶의 의미를 다룬 책은 줄리언 바지니의 『러셀
교수님, 인생의 의미가 도대체 뭔가요?』다. 바지니는
서문을 이렇게 시작한다.

유명한 시인 T. S. 엘리엇이 택시에 타자,
기사가 알은척했다. "엘리엇 선생 아니십니까."
엘리엇이 자기를 어떻게 아느냐고 물으니 기사가

답했다. "제가 명사들을 좀 알아봅니다. 며칠 전에는 버트런드 러셀 경을 태웠죠. 그런데 제가 '러셀 경, 인생이란 도대체 무엇입니까?(What's it all about?)'라고 물었더니 대답을 못 하시던데요."

이 실화는 누구를 두고 한 농담일까? 지성과 지혜를 겸비한 위대한 철학자임에도 택시 기사의 질문에 대답하지 못한 러셀 경일까? (…) 아니면 그 짧은 시간에 답을 기대하고 그런 중대한 물음을 던진 택시 기사를 비꼬는 것일까? (…) 아마 두 사람 모두 놀림당할 이유가 없다는 것이 가장 적절한 답일 것이다.

나는 바지니보다 이글턴을 좋아하는 사람이다. 하지만 이 경우라면, 나는 외젠느 이오네스코를 선택하겠다. 『노트와 반노트』에 실린 첫 번째 에세이에서 이오네스코는 이렇게 쓴다.

"삶과 죽음에 관한 당신의 개념은 무엇인가?"라고, 어떤 남미의 저널리스트가 손에 가방을 들고 배의 트랩을 내려오는 내게 질문을 하였다. 나는 가방을 내려놓고 이마의

땀을 닦으며, 그 대답을 위해 나에게 20년이라는
시간을 허락해줄 것을 부탁했다. 그렇지만
그가 대답을 얻게 되리라는 아무런 확신도
없이, "그것은 바로 나 스스로에게 던지는
물음이오. 그리고 나 자신에게 질문하기 위해
글을 쓴다오." 나는 이렇게 대답했다. 그를
실망시켰다고 생각하며, 나는 가방을 다시
들었다. 모든 사람이 자기의 호주머니나 가방
속에 우주에 관한 열쇠를 가지고 있지 않다.

물론 이 책은 인생의 의미에 대한 책이 아니다.
택시에 대한 책이다. 그리고 택시에 대한 책보다는
택시가 더 낫다.

인생이 택시를 타는 것과 같다면 얼마나 좋을
까. 가끔 택시 뒷좌석에 앉아 창밖으로 흘러가는 풍
경들을 멍하니 바라보며 나는 생각한다. 적당한 거
리와…… 적당한 속도와…… 추울 땐 따뜻하고 더울
땐 시원하며…… 충분히 안락한……

이 책에서 나는 그동안 하지 않았던 두 가지를
하고 싶었다. 하나. 구체적인 지명 늘어놓기. 둘. 말줄임표 남발하기. 증산로15길에 있는 아내와 나의 집에서 봉산을 바라보며 에필로그를 쓰는 지금도, 과연 그게 좋은 생각이었는지는 모르겠다……

　사실 내가 가장 하고 싶은 일은 스페인에서 택시를 모는 것이다. 그냥 스페인에 가거나……

　며칠 전, 이 책에 매달려 있는 내게 아내가 다가왔다. 한밤중이었다. 한동안 나와 모니터를 번갈아 보던 아내는 홀로 방으로 돌아가며 누구에게랄 것도 없이 이렇게 중얼거렸다.
　"이게 다 뭐라고……"

　우리는 언젠가는 택시에서 내려야만 한다.
　그리고 모든 책은 어디선가 끝이 나게 마련이다.

　정말 다행이지 뭐야……

*이 책의 인세 수익 대부분은 택시요금으로 쓰입니다.

참고 도서

· 금정연·정지돈, 『문학의 기쁨』, 2017, 루페
· 길버트 키스 체스터튼, 『못생긴 것들에 대한 옹호』, 안현주 옮김, 2015, 북스피어
· 로베르토 볼라뇨, 『참을 수 없는 가우초』, 이경민 옮김, 2013, 열린책들
· 마크 롤랜즈, 『철학자와 늑대』, 강수희 옮김, 2012, 추수밭
· 세르게이 도나또비치 도블라또프, 『여행가방』, 정지윤 옮김, 2010, 뿌쉬낀하우스
· 외젠느 이오네스코, 『노트와 반노트』, 박형섭 옮김, 2003, 동문선
· 이승훈, 『이승훈 시 전집』, 2012, 황금알
· 줄리언 바지니, 『러셀 교수님, 인생의 의미가 도대체 뭔가요?』, 문은실·이윤 옮김, 2017, 필로소픽
· 줄리언 반스, 『시대의 소음』, 송은주 옮김, 2017, 다산책방
· 찰스 M. 슐츠, 『피너츠 완전판 시리즈』, 신소희 옮김, 북스토리
· 커트 보네거트, 『신의 축복이 있기를, 로즈워터 씨』, 김한영 옮김, 2010, 문학동네
· 테리 이글턴, 『인생의 의미』, 강정석 옮김, 2016, 책읽는수요일
· 호르헤 루이스 보르헤스·윌리스 반스톤, 『보르헤스의 말』, 서창렬 옮김, 2015, 마음산책

나를 만든 세계, 내가 만든 세계
'아무튼'은 나에게 기쁨이자 즐거움이 되는,
생각만 해도 좋은 한 가지를 담은 에세이 시리즈입니다.
위고, 제철소, 코난북스, 세 출판사가 함께 펴냅니다.

아무튼, 택시

1판 1쇄 발행 2018년 3월 5일
1판 4쇄 발행 2023년 4월 10일
지은이 금정연
펴낸이 이정규
펴낸곳 코난북스
출판등록 제2013-000275호
전화 070-7620-0369
팩스 0505-330-1020

conanpress@gmail.com
conanbooks.com
facebook.com/conanpress

© 금정연, 2023

ISBN 979-11-88605-04-0 02810

이 도서의 국립중앙도서관 출판예정도서목록(CIP)은
서지정보유통지원시스템 홈페이지(http://seoji.nl.go.kr)와
국가자료공동목록시스템(http://www.nl.go.kr/kolisnet)에서
이용하실 수 있습니다. (CIP제어번호: CIP2018006243)